Remerciements

Je tiens à remercier pour leur lecture
attentive et leurs précieux conseils :
Michaël Blum, Rosine Cohen et René Sarfati.

Y. H.

Dans la même collection

Connectez-vous sur :
www.lamartiniere.fr

ÊTRE JUIF AUJOURD'HUI

Texte
Yaël Hassan

Illustrations
Olivier Ranson

Mise en couleur
Marc Sokolovitch

De La Martinière

Jeunesse

C'est quoi être juif ?

On dit que le peuple juif est le peuple du Livre. Pourtant, malgré la probable centaine de milliers de livres écrits de par le monde sur le judaïsme et les Juifs, aucun savant, éminent chercheur, rabbin, philosophe et autres érudits, juifs ou non, n'a réussi, à ce jour, à percer cette énigme : c'est quoi être juif ?

Selon la « loi juive » (la Halakha), est juif celui qui est né de mère juive. D'accord, me direz-vous ! Mais c'est quoi exactement une mère juive ? Toujours selon la loi juive, est juif aussi celui qui s'est converti au judaïsme. Cela voudrait donc dire que le judaïsme n'est rien d'autre qu'une religion, au même titre que le christianisme ou l'islam ? Alors, qu'en est-il de ceux qui se disent et se sentent juifs sans pratiquer pour autant la religion ?

Une seule chose est sûre : on ne peut parler de « race juive ». Cette théorie raciale, largement développée par le nazisme, n'est fondée sur aucun critère scientifique. Effectivement, s'il ne porte aucun signe distinctif, le Juif ne peut être reconnu. Parce qu'il est blond, brun ou roux, parce qu'il a la peau claire ou mate, parce qu'il a les yeux bleus, verts ou marron... Comme vous et moi.

On en revient donc toujours à la même et éternelle question : c'est quoi être juif ? Pour simplifier, il vous faut accepter dès le départ qu'il n'existe pas de véritable définition. Être juif, c'est un ensemble de choses qu'on ne peut dissocier les unes des autres. C'est un mélange de culture, de religion, d'identité, de mode de vie et de valeurs que nous allons découvrir ensemble.

UNE HISTOIRE

1 On ne peut répondre à la question « c'est quoi être juif ? » sans s'arrêter sur l'histoire du peuple juif. Une histoire commencée en Mésopotamie, il y a trente-cinq siècles. Sacrée vieille dame, non ? Une histoire qui comporte nombre de mésaventures, d'exils, de tragédies, de douleurs et de larmes ! C'est à travers cette histoire plus que mouvementée que vous pourrez comprendre qui sont les Juifs, d'où ils viennent et comment ils ont pu résister et survivre malgré l'extermination de six millions d'entre eux pendant la Seconde Guerre mondiale.

C'est aussi à travers cette histoire que deviendra peut-être plus clair à vos yeux l'attachement qu'éprouve la majorité des Juifs à l'égard de l'État d'Israël. Cette terre encore et toujours disputée, terre de tensions exacerbées entre Juifs et Arabes dont le conflit, importé en France, a de lourdes conséquences sur la communauté juive.

Et enfin, j'espère vous faire comprendre que c'est cette histoire mouvementée et douloureuse qui a, dans une certaine mesure, participé à façonner ce peuple et lui a permis de survivre envers et contre tout.

UNE HISTOIRE MOUVEMENTÉE

« *En tant que juive, je ne peux à aucun moment "oublier" l'histoire de mon peuple puisque celle-ci m'est sans cesse rappelée. Effectivement, pour la plupart, nos fêtes sont la célébration d'un épisode de notre histoire : Pessah (la Pâque juive) commémore la sortie d'Égypte et la fin de notre esclavage; Hanoukkah (la fête des Lumières) rappelle la lutte des Juifs qui, au IIe siècle av. J.-C., réussirent à battre les Gréco-Syriens, l'armée pourtant la plus puissante de l'époque; ou encore Tisha Be Av (le 9e jour du mois Av), jour de jeûne en souvenir de la destruction des deux temples de Jérusalem. Sans oublier les commémorations et cérémonies du souvenir relatives à la Shoah, qui entretiennent la mémoire des événements tragiques qui nous ont frappés pendant la Seconde Guerre mondiale.* »

Galith, 25 ans.

Le premier Juif

Il s'appelle Abraham, fils de Térah. Il est né en 1812 avant notre ère à Our, en Mésopotamie (l'actuel Irak), au sein de la tribu des Hébreux. On ne sait pas trop pourquoi les Hébreux ont quitté Our pour Haran, cité marchande distante de quelque mille trois cents kilomètres, mais c'est là qu'ils se sont installés et que Térah est devenu un prospère fabricant et marchand d'idoles.

Enfant, Abraham passe de longues heures dans la boutique de son père, à écouter les confessions des clients à qui ce dernier prescrit telle ou telle statuette, selon la nature du problème évoqué. Mais Abraham, assoiffé de spiritualité, se pose des questions sur le bien-fondé de cette idolâtrie (fait d'honorer des représentations matérielles de divinités). Il est persuadé que, pour lutter contre le mal qui émane des hommes, il faut une autorité suprême. Un Dieu et un seul! Il se dit que ce n'est que sous l'autorité de ce Dieu unique que les hommes pourront former une communauté unie, soudée, fraternelle.

Et voilà! C'est le point de départ de l'une des plus extraordinaires aventures humaines, celle du monothéisme, c'est-à-dire la croyance en un Dieu unique et non plus en une multitude de divinités. C'est ainsi que naît le judaïsme, mais aussi le christianisme à peu près deux mille ans plus tard, puis l'islam.

C'est à partir d'Abraham que l'histoire du peuple juif se met en mouvement, parce que Dieu se manifeste auprès de lui et lui propose une alliance privilégiée. Il va en effet lui ordonner de quitter la maison de son père pour un pays qu'Il lui désignera. Dieu s'engage alors en lui promettant: « Je ferai de toi une grande nation! »

Après un long voyage, Abraham et sa tribu arriveront au pays de Canaan, dans un village perché dans les monts de Judée. Ce village s'appelait Salem. Judée… Salem… Cela ne vous dit rien? Eh oui! La Judée donnera son nom au peuple qui s'y installa, les Juifs donc, et Salem deviendra Jérusalem.

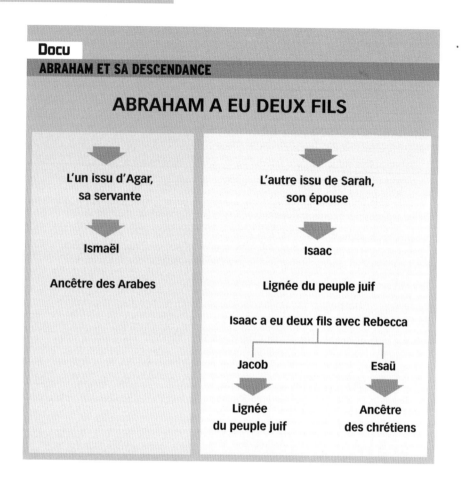

Docu

ABRAHAM ET SA DESCENDANCE

ABRAHAM A EU DEUX FILS

L'un issu d'Agar,
sa servante

Ismaël

Ancêtre des Arabes

L'autre issu de Sarah,
son épouse

Isaac

Lignée du peuple juif

Isaac a eu deux fils avec Rebecca

Jacob

Esaü

Lignée
du peuple juif

Ancêtre
des chrétiens

De l'exode à l'exil

Poussés par la famine, les Hébreux émigrent en Égypte. Comme les Égyptiens ont besoin de main-d'œuvre pour construire de nouvelles cités à moindres frais, ils réduisent les Juifs en esclavage.

Mais Dieu est là, qui décide de les aider à recouvrer la liberté. Comme Il l'a fait pour Abraham, Il apparaît à Moïse, un enfant juif recueilli à la cour du pharaon, et le charge de libérer ses frères et de les conduire hors d'Égypte. Moïse est alors un fringant vieux monsieur de

80 ans ! Dieu mène alors les Hébreux dans le désert et là, au pied du mont Sinaï, Il révèle au peuple juif la Torah (la Loi) et les Dix Commandements. C'est après quarante ans d'errance que les Juifs retrouveront le pays de Canaan, la Terre promise par l'Éternel, mais sans Moïse qui, lui, meurt juste avant.

Là, les Hébreux se constituent en un royaume qui atteint son apogée avec le roi Salomon. C'est lui qui fait construire le premier temple de Jérusalem, dont il ne reste aujourd'hui que le mur occidental, que vous connaissez sans doute sous le nom de mur des Lamentations. S'ouvre alors une véritable ère de paix. Mais à sa mort (≈ 928 av. J.-C.) surgissent des conflits de pouvoir et des tensions qui conduisent à l'émergence de deux royaumes hébreux. Si celui de Judah, au sud, avec Jérusalem pour capitale, reste fidèle à Dieu et au temple de Jérusalem, le royaume d'Israël, au nord, dont la capitale est Samarie, abandonne le monothéisme et opte pour l'idolâtrie afin de s'attirer les

Définition

LA TORAH

Il est courant de traduire le mot Torah par « Loi ». Mais ce terme est trop restrictif, car il fait penser que la Torah n'a rien d'autre qu'un caractère juridique. Or la traduction exacte de ce terme hébraïque est « enseignement ». Ce livre, attribué à Moïse, se divise en cinq parties : Genèse (Création du monde), Exode (Esclavage et sortie d'Égypte), Lévitique (Lois du Temple), Nombre (Dénombrement des enfants d'Israël, conflits internes et combats), Deutéronome (Testament de Moïse).

La Torah est écrite sur un parchemin. Dans les synagogues, elle est placée dans l'armoire appelée arche de sainteté. Elle se présente comme un long récit historique qui va de la création du monde jusqu'à la mort de Moïse. Mais on a pris l'habitude de désigner par Torah l'ensemble de la littérature religieuse juive.

bonnes grâces des grandes puissances de la région. Mais le royaume d'Israël est rapidement assiégé et détruit par les Assyriens, et ses habitants emmenés en captivité au fin fond de l'Assyrie où, mélangés à d'autres populations, ils finissent par disparaître.

Quant au royaume de Judah, après une période de calme, il rencontre, lui aussi, moult tumultes et finit par être détruit en 586 av. J.-C. par Nabuchodonosor, roi de Babylone, qui déporte massivement la population judéenne.

C'est alors que s'achève la période antique des Hébreux. Privés des paysages de Judée, assujettis au pouvoir babylonien, les Judéens, ou Juifs (ainsi qu'on les appelle désormais), redécouvrent, grâce aux textes, la foi de leurs ancêtres et donnent ainsi naissance au judaïsme. Le phénomène est d'ailleurs extrêmement intéressant : si les Juifs de Babylone ont survécu à l'exil malgré la perte du Temple, c'est uniquement parce qu'ils n'ont pas cessé d'étudier les

Pour aller plus loin
JUDAÏSME ET JUDÉITÉ

Le judaïsme désigne la croyance monothéiste des Juifs, dont l'existence remonte à Abraham. Ce terme exprime une dimension à la fois religieuse et nationale. Il regroupe les aspects religieux et tout ce qui concerne le rituel, mais, en réalité, il exprime un concept plus global qui désigne également un mode de vie et une culture parce qu'aucun détail de la vie n'est laissé de côté.

Le terme judéité fait, quant à lui, plus référence à l'identité juive qu'à la religion.

textes, contrairement aux Juifs restés à Jérusalem, qui se sont éloignés de leur religion.

Même déportés à Babylone, les Juifs ne s'avouent pas vaincus. C'est qu'ils sont têtus comme des mules ! Autant que les mules qui les ramèneront de Babylone, du moins un certain nombre d'entre eux, une cinquantaine d'années plus tard. Mais en 70 apr. J.-C., le royaume de Judah finit par succomber, lui aussi, après une lutte acharnée face à la puissance romaine. Date funeste puisqu'elle fut le signal du grand exil. Effectivement, c'est à partir de là que le peuple juif, expulsé du pays de Canaan, deviendra deux millénaires durant, jusqu'à la création de l'État d'Israël, un peuple déraciné et dispersé.

Les Juifs partent certes en exil, mais pas tout seuls ! Dieu les y suit ! Et c'est là que commence à se forger le caractère singulier du peuple juif. Cet exil devient même une des composantes de l'identité juive. Des millénaires durant, les Juifs gardent intact leur désir de retour à Sion (l'un des noms de Jérusalem). Ils l'invoquent dans leurs prières quotidiennes et, la nuit de la Pâque, de génération en génération, de siècle en siècle, ils disent : « L'an prochain à Jérusalem ! » C'est cela qui fera leur longévité. Et vous verrez que c'est grâce à cet enracinement dans un passé commun, à cette fidélité à des valeurs et à des aspirations communes, que le peuple juif traversera les temps.

Bon à savoir

LES JUIFS ET MAHOMET

Lors de la chute de Jérusalem et de la destruction du Temple (586 av. J.-C.), certains Juifs fuient la Judée pour la péninsule arabique. Eux aussi seront parfois victimes d'explosions de haine et de fanatisme et connaîtront des mesures discriminatoires, mais ils y bénéficient du statut de dhimmi (protégé) qui leur donne droit, en échange d'une lourde contribution financière, à la protection de leurs biens et de leur culte. Mais ce statut en fait aussi des citoyens de deuxième classe.

La naissance de l'islam (comme le christianisme) doit beaucoup au judaïsme. On peut donc en déduire que cette attitude tendant à toujours humilier les Juifs, commune à l'islam et à la chrétienté, découle d'une volonté de prendre la primauté religieuse.

En effet, la péninsule arabique compte un fort peuplement juif, très antérieur à l'islam. Et les peuplades arabes se réclament, elles aussi, d'Abraham. D'ailleurs, dans sa ville natale, La Mecque, le futur prophète Mahomet reçoit l'enseignement de rabbins. Dans un premier temps, les tribus juives l'appuient. Mais, quand Mahomet veut les rallier à sa nouvelle foi, les choses se compliquent... Car les Juifs résistent, bien sûr! Ils seront alors soit massacrés, soit expulsés. Ceux qui capituleront obtiendront de sérieuses garanties : « Vous vivrez en sécurité et jouirez de la protection d'Allah et de son Messager. Vous ne subirez aucun acte d'injustice ni d'hostilité, car le Messager d'Allah vous prend sous sa protection... » Cela ne les empêchera pas d'être frappés par de nombreux interdits sociaux et religieux, mais du moins, dans les pays arabes, pratiquement jusqu'à la création de l'État d'Israël (1948), les Juifs bénéficieront d'une véritable tradition de tolérance et d'autonomie.

Les persécutions

C'est manifestement « à l'ombre de la croix » que les Juifs ont vécu leurs heures les plus noires. L'Église catholique, parce qu'elle veut à tout prix être considérée comme le nouvel héritier d'Israël, met en place un enseignement du mépris envers le peuple juif. Pour mieux les discréditer, on accusera les Juifs d'empoisonner les puits, de profaner l'hostie, d'utiliser les enfants chrétiens pour leurs sacrifices, d'être responsables de la peste noire et enfin, suprême accusation, d'avoir tué Jésus ! Et tout cela parce que l'Église veut que les chrétiens soient considérés comme étant le seul peuple élu de Dieu.

Ce fanatisme religieux provoquera les pires catastrophes. Cela débutera par de simples mesures restrictives (quartiers d'habitation réservés, signe distinctif sur les vêtements, interdiction d'exercer certaines professions) et finira par les plus grands massacres.

Mais ce que j'aimerais vous faire remarquer, c'est qu'en général un peuple qui perd sa terre et se disperse est appelé à disparaître. Effectivement, vivre pendant deux mille ans en tant que nation sans disposer d'un territoire national et en dépit de toutes les tentatives d'éradication est un phé-

Pour aller plus loin
LA VALLÉE DES LARMES

Tel est le titre de la plus célèbre chronique juive de l'histoire du Moyen Âge. Mais elle s'applique aussi à l'histoire globale du peuple juif qui, de la première croisade (1096) à la Seconde Guerre mondiale (1939), ne sera qu'une longue série de persécutions. Toutefois, les violences ne furent ni générales ni continues : quand elles s'abattaient sur les Juifs d'une contrée, elles épargnaient les autres.

Les croisades, dont le but est d'arracher le tombeau du Christ aux mains des infidèles, enfièvrent les populations. Les violences seront sans précédent. Durant cette période, les Juifs seront successivement éliminés d'Allemagne (1096), d'Angleterre (1290) et de France (1394).

Ils trouveront refuge en Pologne, pays où les rois se réjouissent de l'arrivée de ces marchands qui participeront à l'essor économique. Mais, dès 1648, les choses changent avec la pénétration en Pologne des jésuites et l'hostilité de l'Église. Dès lors, à l'exception de quelques rares périodes d'accalmie, l'histoire des Juifs d'Europe de l'Est sera une suite quasi ininterrompue de lois d'exclusion et de violences populaires. Les massacres (pogroms) auront lieu avec la complicité des autorités gouvernementales et du clergé, qu'il soit orthodoxe russe ou catholique polonais.

Tandis que les croisades déciment les communautés d'Allemagne, d'Angleterre et de France, les Juifs d'Espagne, avec la conquête arabe de ce pays (711), connaîtront une période de relative prospérité. Ces conditions favorables persisteront pratiquement jusqu'en 1391, alors que la reconquête de l'Espagne par les Rois Catholiques bat son plein. Mais à partir de là, le pays versera dans un fanatisme croissant et les Juifs devront choisir entre le baptême et la mort. Beaucoup accepteront la conversion tout en continuant à pratiquer leur religion en cachette. Mais ils seront définitivement expulsés d'Espagne en 1492 par Isabelle la Catholique, puis du Portugal. Ils migreront alors vers d'autres pays de la Méditerranée, dont ceux du Maghreb.

nomène unique dans l'histoire humaine. Car l'histoire du peuple juif ne ressemble à celle d'aucun autre peuple. On pourrait presque dire que l'histoire de ce peuple est un phénomène surnaturel. Mais comment ont-ils fait ? vous demandez-vous. Eh bien, ce peuple-là avait emporté Dieu, la Torah, et aussi son histoire et sa culture dans ses valises. Résultat : les liens tissés entre les Juifs seront conservés et préservés quelles que soient les difficultés traversées.

DE L'ÉMANCIPATION À LA SHOAH

« *Parfois, j'entends dire : "Vous et votre Shoah !", comme si les gens étaient excédés d'en entendre parler. Et moi, ça m'énerve ! D'abord, parce que je trouve qu'on n'en parle pas tellement, finalement, en dehors des périodes de commémoration ! Et puis, bien sûr que nous les Juifs avons besoin d'en parler ! N'est-ce pas la plus grande catastrophe qui ait touché non seulement notre peuple, mais l'humanité tout entière ? Et si nous n'en parlons pas, qui le fera à notre place, qui le fera pour nous ? Peut-on compter sur les autres ? Alors, j'estime qu'il faut en parler pour ne pas oublier, pour que cela ne se reproduise plus jamais.* »

Élisabeth, 23 ans.

L'émancipation et la fin de l'exil

On peut dire que, jusqu'à la Révolution française, les Juifs d'Europe connaîtront un destin plus ou moins semblable, vivant presque tous en marge de leurs pays adoptifs. Mais à partir de là, le sort des Juifs d'Europe occidentale va profondément se distinguer de celui de leurs coreligionnaires, et ce jusqu'à la Seconde Guerre mondiale, où leurs destinées se rejoindront de nouveau. C'est pourquoi, pour cette période spécifique, je ne m'attacherai plus qu'à l'histoire des Juifs de France, suffisamment riche en bouleversements pour être examinée à part.

Effectivement, le Siècle des lumières éclaire le judaïsme d'un jour nouveau. L'abbé Grégoire, ecclésiastique et homme politique français, sera le premier à réclamer l'égalité civile des Juifs, persuadé que seule leur émancipation pourra les conduire à l'abandon de leur judaïsme ! « Il faut tout refuser aux Juifs comme nation et tout leur accorder comme individus ! » tonnera même la voix du comte de Clermont-Tonnerre à l'Assemblée, en 1789. Vous rendez-vous compte de ce que cela signifie ? Selon vous, que va-t-il se passer à partir du moment où on leur accorde les mêmes droits ? Mais bien sûr ! Ils vont s'écarter de leur vie communautaire pour s'intégrer à celle des autres citoyens ! En voilà une révolution, non ? Depuis le temps qu'ils attendaient ça ! Il aura fallu des millénaires pour qu'on leur accorde cette faveur ! Et surtout pour réaliser que le procédé sera bien plus efficace que n'importe quelle autre conversion forcée ou massacre !

Ainsi, en 1791, après pratiquement deux mille ans d'exil, les Juifs deviennent des Français de confession israélite ! En un mot, on les autorise à s'intégrer. Et ils ont bien l'intention d'en profiter, devenant même de fervents patriotes, tant ils sont reconnaissants à la France de les avoir enfin reconnus ! Les Juifs croiront être sortis du tunnel ! Et il est vrai que, dans leur histoire tourmentée, le XIXe siècle est à marquer d'une pierre blanche.

Définition

L'Émancipation

Le 27 septembre 1791, l'Assemblée nationale vote la loi pour l'émancipation des Juifs à une large majorité. Ce décret accorde aux Juifs les mêmes droits et devoirs qu'à n'importe quel autre citoyen.

Pour en savoir plus
DE L'ANTIJUDAÏSME À L'ANTISÉMITISME

Souvenez-vous ! Au début, la haine des Juifs émane de la chrétienté qui, dès l'Empire romain, tient à marquer ses distances avec le peuple juif jusqu'à désirer le voir disparaître pour prendre sa place.

Mais, à partir de 1880, cet antijudaïsme chrétien se transforme en antisémitisme. Ce terme est inventé en 1879 par Wilhem Marr, un pamphlétaire allemand antijuif. Si les antijudaïques s'opposent uniquement au judaïsme en tant que religion, les antisémites y ajoutent une notion supplémentaire, scientifiquement aberrante : celle de la race ! Désormais, non seulement on hait le Juif pour sa religion, mais également en tant qu'individu.

Avec la Seconde Guerre mondiale viendra le cortège de mesures raciales à l'encontre des Juifs : promulgation des lois antisémites de Nuremberg en Allemagne et celles du statut des Juifs par le gouvernement de Vichy en 1940 de sa propre initiative, sans demande ni pression allemande.

Mais l'antisémitisme ne s'est pas éteint avec la Shoah et persistera dans de nombreux pays. De nos jours, il offre un nouveau visage en faisant porter aux Juifs du monde la responsabilité de la politique de l'État d'Israël et en exportant hors de ses frontières le conflit israélo-palestinien, prétexte à de nouvelles exactions contre les différentes communautés juives.

Car, jusqu'à l'affaire Dreyfus en 1894, ils vont connaître une période de tranquillité tout à fait exceptionnelle et leur condition va complètement changer. On les trouvera désormais dans tous les domaines : l'art, l'édition, l'enseignement, l'armée…

Et arrivera ce qui devait arriver ! En participant pleinement à la vie socio-économique, les Juifs seront tentés de pratiquer une religion épurée, discrète, qui ne sera plus, désormais, qu'une affaire privée. « Sois juif chez toi et citoyen au-dehors ! » diront-ils. Mais que devient alors l'aspiration du retour à Jérusalem, vous demandez-vous ? Peut-on à la fois se réclamer d'une nation juive et faire preuve d'un sincère sentiment patriotique ? Là est tout le problème. Mais c'est pourtant ce qui va se produire. Jusqu'à l'avènement du nazisme, les Juifs ne vont cesser de s'assimiler. Dans les années 1880, ils ne forment déjà plus un groupe à part dans la société française dont plus rien ne les distingue. Ils sont même assez nombreux à avoir pris leurs distances avec la religion juive. Mais la bête immonde veille encore et toujours et ne va pas tarder à renvoyer les Juifs dans leur quartier. Les persécutions reprennent de plus belle. C'est que l'antijudaïsme chrétien a la dent dure !

La montée de l'antisémitisme

L'antijudaïsme classique ne disparaît pas avec l'émancipation des Juifs. Au contraire, il trouve de nouvelles raisons d'être : nationales, sociales, économiques et politiques. Cet antisémitisme, ainsi qu'on l'appelle désormais, fleurit notamment dans la littérature. Dans leurs œuvres, les écrivains font jouer aux Juifs un rôle qui contribue à la persistance des préjugés. C'est le cas de Maupassant, de Vigny, et même de Victor Hugo, qui ne peut être traité d'antisémite, mais explique qu'il s'agit là d'utiliser un cliché « commode » pour l'écrivain ! Mais c'est surtout dans la presse que l'antisémitisme se fait le plus virulent, comme dans *La Croix* qui s'autoproclame « le journal le plus antisémite de France », ou dans *La France juive* de Drumont, violent pamphlet qui pose les fondements d'un antisémitisme racial et biologique et qui bat des records de vente.

Que reproche-t-on aux Juifs ? Dans leur immense majorité, ils se sont élevés dans la hiérarchie sociale, ont intégré l'armée, fréquentent les puissants et, pour certains, jouissent de situations florissantes. Ils sont désormais nombreux au sein des professions libérales, de la fonction publique et représentent un nombre particulièrement élevé à l'École polytechnique. C'en est beaucoup trop pour une partie de l'opinion publique qui ne supporte pas l'opulence des Rothschild ou des Pereire !

Malgré ce climat quelque peu délétère, l'Affaire Dreyfus, en 1894, prend les Juifs au dépourvu tant ils étaient confiants en l'avenir. Devant la déferlante antisémite qu'elle va susciter, une véritable résistance juive se constitue. Même les plus assimilés protesteront au simple nom de la justice et des Droits de l'homme. Pourtant, d'autres se tairont, trop soucieux de leur nouvelle règle de conduite : oublier qu'ils sont juifs quand il s'agit de questions d'ordre public.

L'« affaire » révèle un phénomène nouveau, et non des moindres : les Juifs ne sont plus seuls ! De grands intellectuels comme Anatole France et Émile Zola vont eux aussi dénoncer l'injustice. La France se divise alors en deux camps, celui des dreyfusards et celui des antidreyfusards. Des amitiés vont se faire et se défaire en fonction du camp choisi.

Mais l'affaire aura une autre conséquence, même si celle-ci passe d'abord complètement inaperçue. En effet, c'est

Pour aller plus loin
L'AFFAIRE DREYFUS

Le capitaine Alfred Dreyfus est l'exemple même du Juif parfaitement intégré : polytechnicien et officier de l'armée française, il est néanmoins resté fidèle à son judaïsme. Et c'est bien parce qu'il est juif, justement, que Dreyfus se trouve tout de suite accusé d'être le traître, l'espion qui, moyennant finances, livre des informations confidentielles sur l'armée française à l'attaché militaire allemand. Au terme d'un procès bâclé, entaché d'illégalités, le capitaine est condamné, dégradé publiquement et déporté à l'île du Diable pour être finalement gracié en 1899. Ce n'est qu'en 1906 qu'il sera enfin innocenté et réhabilité. Quant au vrai coupable, le commandant Esterházy, dénoncé en 1897 par Mathieu Dreyfus, le frère du capitaine, il sera acquitté par le conseil de guerre en 1898 !

en assistant à la dégradation publique du capitaine Dreyfus, devant une foule en délire qui hurlait « Mort aux Juifs ! », que viendra à Théodore Herzl, jeune journaliste viennois, la certitude que seule la création d'un État juif mettra un terme à l'antisémitisme. Parce que si la France, pays des droits de l'homme, est capable de produire un tel déchaînement de haine envers les Juifs qu'elle a elle-même émancipés dans la volonté de les intégrer, c'est que rien n'y fera ! Leur seule solution est de retourner en Palestine. Ce n'est donc pas, comme on se plaît à le dire, en raison de la Shoah que l'État d'Israël a été créé. La nécessité s'en était fait sentir bien avant !

Mais, quand en 1906 Dreyfus est réhabilité, que font les Juifs, selon vous ? Eh bien, ils tournent la page. Une nouvelle fois, ils oublient, ils pardonnent. Tout est bien qui finit bien ! Le dénouement heureux de l'affaire sonne comme une victoire de leur attachement à la patrie républicaine et de leur confiance en ses institutions. Et puis, la guerre de 1914-1918 se profile déjà à l'horizon et ils entendent bien y participer pour défendre leur pays !

La « solution finale »

Hitler n'a pas inventé l'antisémitisme, mais il va se servir de données pseudo-scientifiques pour désigner les Juifs comme appartenant à une race inférieure. Dans son livre *Mein Kampf* (*Mon combat*), Hitler désigne les Juifs comme les responsables de la défaite allemande de 1918 et les accuse de corrompre la race allemande. Il répand aussi l'idée d'un complot juif mondial qui cherche à s'assurer la domination du monde. Quand il accède au pouvoir en 1933, Hitler fonde sa politique sur ces éléments de propagande dans le but de « purifier » le pays de ses Juifs. À partir de 1941, il opte pour la « solution finale », c'est-à-dire débarrasser l'Europe de toute présence juive. Il réussit, avec la complicité de nombreux pays européens, dont la France, à exterminer six millions d'entre eux.

La position de la communauté juive sur cette question est claire et unanime : la Shoah ne s'explique pas. Parce que l'expliquer, c'est la justifier, lui trouver des raisons d'être. Or existe-t-il une seule raison pour expliquer l'extermination de six millions de personnes dont le seul crime aura été d'être juif ? Comment vouloir expliquer les ressorts d'une barbarie qui dépasse justement l'entendement ?

Docu
LA SHOAH

Dans la mémoire de l'humanité, la Shoah restera comme la plus grande catastrophe qui allait s'abattre sur un peuple, le peuple juif. Pour la première fois, de colossaux moyens industriels et une gigantesque infrastructure sont mis en place au seul service du crime le plus monstrueux de tous les temps. Six millions d'hommes, de femmes, d'enfants, de bébés périront déportés, exterminés par le gaz, puis brûlés dans des fours crématoires. Pour la France, de 1942 à la libération de Paris en 1944, le gouvernement de Vichy, allié des Allemands, déportera ainsi 76 000 Juifs. Parmi eux, 11 000 enfants dont aucun n'est revenu !

LE RETOUR À SION

« Je suis heureuse de l'existence de l'État d'Israël. Mais je pense aussi que chaque Juif devrait pouvoir vivre là où il en a envie, comme n'importe quel autre individu. Mais depuis le début de l'Intifada en Israël, beaucoup de Juifs se sentent mal en France. C'est une situation qui me fait peur. On dirait que le monde entier est contre Israël et, de ce fait, j'ai l'impression que le monde entier est contre les Juifs, contre moi ! Je ne pense pas qu'en tant que juive je vive mal en France. C'est vrai qu'il y a des tensions et des actes antisémites, mais je n'ai rien subi personnellement. Et je pense avoir la chance de pouvoir pratiquer ma religion comme je l'entends alors que ça n'a pas toujours été le cas pour les Juifs. »

Ilana, 15 ans.

La naissance du sionisme

Les humiliations, les exclusions sociales et économiques, les expulsions, les massacres et l'extermination furent le lot du peuple juif tout au long de son histoire. Cela vous semblera sans doute bizarre si je vous dis que c'est en partie à cause ou grâce à tout cela que le peuple juif a survécu. Pourtant, c'est la stricte vérité ! Parce que plus ils étaient persécutés, plus les liens entre eux se resserraient, plus leur besoin de survie se faisait sentir et plus leur attachement au retour à Sion grandissait. C'était ça, l'idée sioniste. Puisque nul pays ne voulait d'eux, seule la création de leur propre pays, sur leur terre ancestrale de Palestine, mettrait fin à leur exil.

Souvenez-vous du jeune Théodore Herzl qui, assistant à la dégradation du capitaine Dreyfus, comprend qu'il en sera toujours ainsi tant que les Juifs n'auront pas leur pays. Avant Herzl, d'autres avaient eu la même idée d'un retour en Terre sainte : dès 1830, une quarantaine d'étudiants juifs russes décide de passer à l'action et se rend en Palestine pour y fonder une colonie agricole. Entre-temps, certaines institutions et des philanthropes juifs, dont Edmond de Rothschild, investissent des sommes énormes dans l'achat de terres et dans la création de villages. Dès 1895, avant même que le sionisme s'organise, la Palestine, alors sous la domination de l'Empire ottoman, compte 50 000 Juifs et 16 colonies agricoles exploitant 18 000 hectares de terres acquises par initiative privée.

Mais avec Herzl, le sionisme passe la vitesse supérieure, pour aboutir au premier congrès sioniste mondial qui se tiendra à Bâle, en août 1897. Là seront posés les fondements et les buts du sionisme : « Le sionisme aspire à fonder pour le peuple d'Israël une patrie en terre d'Israël, qui soit garantie par le droit. » L'idéologie sioniste proclame donc le droit et la nécessité pour le peuple juif de posséder un État souverain sur la terre d'Israël dont ils ont été chassés par les Romains.

Cependant, à cette époque, en Europe occidentale, nombre de Juifs ne feront pas preuve d'un enthousiasme délirant à l'idée de la création d'un État juif! Il faut les comprendre : ils sortaient de siècles de persécutions et, maintenant qu'on leur offrait l'égalité et surtout la citoyenneté, ils allaient de nouveau s'exiler! Ils avaient un pays à présent, la France, et une nationalité. Beaucoup d'entre eux, même parmi les croyants, avaient abandonné l'idée antique d'un retour à Sion. La liberté avait réussi ce que des siècles d'oppression n'avaient pu réaliser : les intégrer totalement à la nation en leur faisant oublier leur terre ancestrale. Cette position sera le fait aussi de certains intellectuels favorables à l'assimilation et qui, de ce fait, trouvent le projet aussi utopique qu'inutile. Même si elle est très minoritaire, il faut ajouter à cela la position des ultra-orthodoxes : pour eux, le retour à Jérusalem ne peut être que d'ordre spirituel et non pas physique, car cette terre ne peut être considérée comme le lieu d'aucun peuple puisque seule habitée de Dieu. Mais la Shoah sera déterminante pour faire changer d'avis ceux qui y survécurent.

De la déclaration Balfour au conflit israélo-palestinien

En 1917, l'armée britannique entre en **Palestine** et chasse l'armée ottomane. Lord Balfour, ministre des Affaires étrangères, promet alors de considérer favorablement l'établissement d'un État juif en Palestine. La déclaration Balfour prend la forme d'une lettre, datée du 2 novembre 1917. Il y est écrit : « Le gouvernement de Sa Majesté envisage de manière favorable l'établissement en Palestine d'un foyer national pour le peuple juif et emploiera tous ses efforts pour faciliter la réalisation de cet objectif… » Il s'agit là, réalisent les Juifs, de la plus importante déclaration de soutien internationale jamais reçue !

Mais ce même Lord Balfour promet aussi à l'émir Fayçal de lui accorder un grand royaume de Syrie. On peut affirmer aujourd'hui que le problème palestinien est né à ce moment-là, car la Palestine a finalement été promise deux fois, l'une aux Juifs et l'autre aux Arabes.

Le fait est que, pour le moment, tout le monde est satisfait. Les Juifs, bien sûr, mais aussi les Arabes, installés là depuis des siècles et qui cherchent à se débarrasser du joug ottoman afin de fonder, eux aussi, un État indépendant regroupant la Syrie, le Liban et l'Égypte. Mais comme la France et la Grande-Bretagne ne parviennent pas à se mettre d'accord sur le partage des anciens territoires ottomans, la promesse faite à Fayçal ne sera pas tenue.

Dès lors, le nationalisme arabe se radicalise, luttant non seulement contre les Britanniques, mais aussi contre les Juifs qui arrivent d'Europe. Les premiers affrontements entre les deux communautés éclatent dès 1920, où des émeutes ensanglantent la région de Tel-Aviv. Les Britanniques font alors marche arrière et publient en 1922 le « Livre blanc », qui redéfinit la politique anglaise en Palestine. Ce document explique clairement

Définition

La Palestine

Telle qu'elle se présente aujourd'hui, la terre d'Israël pour les Juifs et la Palestine pour les Arabes, a été définie au cours des années de domination britannique (1918-1948) comme la région limitée au nord par la chaîne de collines juste au sud du fleuve Litani ; par le Jourdain, la mer Morte et la vallée de l'Arava à l'est ; par la Méditerranée et la péninsule du Sinaï à l'ouest ; et par le golfe d'Eilat (ou golfe d'Aqaba) au sud.

que la volonté britannique est de créer éventuellement un foyer national juif en Palestine sans que la Palestine soit tout entière ce foyer.

Mais à la fin de la Seconde Guerre mondiale, le massacre en Europe de six millions de Juifs montre l'urgence d'une solution au problème de ce peuple sans patrie, de tout temps chassé, persécuté et exterminé.

En 1947, l'Organisation des Nations Unies (ONU) adopte un plan de partage stipulant la création de deux États, l'un juif et l'autre arabe. Ce plan est rejeté par l'Égypte, l'Irak, la Syrie, la Jordanie et le Liban, qui refusent la perspective d'un État juif et attaquent Israël dès le lendemain de sa création (1948).

Après deux ans de combats, un accord de cessez-le-feu intervient entre Israël, l'Égypte, la Syrie et la Jordanie. Si Israël, victorieuse, a gagné son indépendance, 600 000 Palestiniens ont perdu maisons et terre. Ils sont alors entassés dans des camps de réfugiés où le monde entier, à commencer par les pays arabes eux-mêmes, les oubliera. L'État d'Israël, qui a accueilli pendant ces mêmes années près de 600 000 Juifs chassés des pays arabes, accuse ses voisins de maintenir délibérément la condition désastreuse des réfugiés palestiniens, allant jusqu'à bloquer les projets humanitaires en leur faveur. Ralph Galloway, ancien directeur de l'une de ces organisations, a ainsi condamné cette politique : « Les États arabes ne souhaitent pas résoudre le problème des réfugiés. Ils veulent qu'il reste comme une plaie ouverte, un affront aux Nations unies et une arme contre Israël. Que les réfugiés vivent ou meurent, les leaders arabes s'en moquent. » Il est vrai que la longue tragédie des réfugiés deviendra le sujet le plus brûlant et le plus difficile à résoudre dans le conflit entre Israéliens et Arabes.

Après celle de 1948 suivront d'autres guerres et d'autres conquêtes de territoires pour Israël dont, en 1967, celle de Jérusalem-Est où avait été érigé le temple de Salomon. Pour les Juifs, la boucle est bouclée avec, après des millénaires d'exil, leur retour à Jérusalem !

Mais les Israéliens refusent de reconnaître les Palestiniens, estimant que ceux-ci devraient être accueillis par les états arabes voisins. Quant à l'OLP (Organisation de libération de la Palestine), créée par Yasser Arafat au Caire en 1964, elle prône la lutte armée contre Israël jusqu'à ce que tous les Juifs soient jetés à la mer. En 1987 éclate la première Intifada (guerre des pierres) qui va encore élargir le fossé de la haine. En 1988, pour la première fois, Yasser Arafat déclare recon-

Pour aller plus loin
LES ACCORDS D'OSLO

Après la guerre du Golfe (1991), la communauté internationale se penche de nouveau sur la question israélo-palestinienne et convoque une conférence à Madrid, en octobre 1991. En 1993, Israël et l'OLP établissent les bases d'un accord à Oslo qui mettra fin à la première Intifada. Le 23 septembre 1993, le Parlement d'Israël ratifie l'accord : Israël et l'OLP se reconnaissent mutuellement. L'accord d'Oslo prévoit également la création d'une autonomie palestinienne en Cisjordanie et dans la bande de Gaza, pour une période transitoire de cinq ans. Le 4 mai 1994, la première étape de cette autonomie s'ouvre avec la signature d'un accord sur Gaza et Jéricho. L'armée israélienne se retire de ces deux zones et l'accord met en place une Autorité palestinienne, aux pouvoirs limités mais réels. La période transitoire de cinq ans commence. Le processus d'Oslo fait naître chez les Palestiniens l'espoir d'une amélioration rapide de leur condition. Malheureusement, la situation n'évolue pratiquement pas. Le fait de passer de l'occupation israélienne à l'Autorité palestinienne n'améliore rien de manière tangible. L'essor économique promis se fait attendre et bon nombre de Palestiniens perçoivent l'Autorité palestinienne comme corrompue et despotique. De part et d'autre, les mauvaises volontés sont évidentes. Si Yasser Arafat ne fait rien pour maîtriser le terrorisme, les Israéliens dérogent eux aussi à l'esprit des accords en élargissant les implantations existantes. Au mois de septembre 2000, les masses populaires palestiniennes, frustrées, déçues, à bout, vont de nouveau se soulever. Ce sera le début de la deuxième Intifada.

naître l'État d'Israël, mais il exige en retour la reconnaissance du droit des Palestiniens à avoir une patrie. Il y aura alors plusieurs tentatives de négociations entre Israël et les Palestiniens, dont aucune n'a encore abouti à ce jour.

En 2000, après l'échec des accords d'Oslo pourtant prometteurs, nouvelle rupture. Ce sera le début de la deuxième Intifada, meurtrière des deux côtés. De l'un par la répression israélienne et, de l'autre, par les attentats kamikazes à l'encontre des Israéliens.

Si la création de l'État d'Israël n'a nullement remis en cause leur intégration à leurs patries respectives, on ne peut nier que de nombreux Juifs dans le monde se sentent désormais, et à jamais, unis à Israël par des liens particuliers.

UNE RELIGION

2

Si tout au long de son histoire le peuple juif a réussi à survivre, c'est en majeure partie grâce à sa foi, à sa pratique et à ses croyances religieuses. Or la majorité des Juifs aujourd'hui ne respecte plus à la lettre les préceptes religieux. Ce n'est pas pour autant qu'ils ont cessé d'être juifs ou de se revendiquer comme tels.

Sans parler des Juifs très pieux, minoritaires, on peut dire qu'il y a aujourd'hui en France autant de manières de pratiquer le judaïsme, de vivre sa judéité, qu'il y a de familles juives. Il n'y a pas de modèle unique. Certains sont très pratiquants, d'autres se disent libéraux, d'autres encore (la plupart) traditionalistes, et certains se déclarent très éloignés de la pratique religieuse. Mais dans ce judaïsme « à la carte », il y a, malgré tout, les actes « incontournables » auxquels très peu renoncent.

C'EST QUOI LA RELIGION JUIVE ?

« Je suis vraiment très attachée à la religion juive, et aux valeurs et traditions du judaïsme qui font partie de ma vie quotidienne. J'ai été élevée dans cette religion et mon éducation religieuse tient une place essentielle dans ma vie. J'aime l'ambiance familiale du vendredi soir, la table dressée, les bougies allumées, la famille réunie, les prières… J'aime nos fêtes, l'ambiance extraordinaire de nos barmitsva, de nos mariages et de nos réunions familiales. C'est pourquoi le mariage avec un non-Juif me semble inconcevable, car il m'est important de transmettre toute l'éducation religieuse que j'ai reçue à mes futurs enfants. Il me tient à cœur également de pouvoir reproduire au sein de ma future famille ce que j'ai vécu chez moi et ce que mes parents m'ont enseigné. »

Anaëlle, 16 ans.

La Torah : la vie mode d'emploi

La Torah remise par Dieu au peuple juif après sa sortie d'Égypte deviendra le fondement de toute la vie juive. En effet, elle énonce ce que doit être la conduite d'un Juif du moment où il ouvre les yeux le matin jusqu'à celui où sa tête touche l'oreiller le soir, tout au long de l'année, et ce du jour de sa naissance à celui de sa mort. On dénombre ainsi 613 commandements, dont nous allons faire un très bref tour d'horizon.

La première de ces lois décrète qu'un enfant est juif si sa mère l'est. Cela implique qu'on ne choisit pas d'être juif (sauf pour les convertis) ! On l'est automatiquement de naissance, qu'on le veuille ou non, qu'on pratique ou pas ! On peut s'étonner de ce choix de la seule filiation maternelle. Pourtant, l'explication en est simple : « Maman c'est sûr, papa peut-être ! » comme dit l'adage. Eh oui ! Les textes sont précis sur ce point. Si, au moment de la naissance, on est toujours sûr de l'identité de la mère, on ne peut l'être concernant celle du père.

Ensuite, il est prescrit que chaque fils issu d'une femme juive doit être circoncis au huitième jour après sa naissance. Cet acte est d'une importance capitale. Effectivement, quand un fidèle accomplit un acte religieux, il le fait pour lui-même et, à la limite, lui seul est concerné. Mais, ici, il s'agit d'accomplir un acte sur sa progéniture qui, dès sa naissance, sera donc nécessairement inscrite dans la communauté sans l'avoir choisi. Car dans son Alliance avec Dieu, Abraham avait accepté la circoncision non seulement pour lui, mais également pour sa descendance… Il vous faut savoir aussi qu'au regard de la Loi, le Juif de naissance, tout comme d'ailleurs le Juif dûment converti, le demeurc à jamais.

Il est écrit aussi que toute personne ayant atteint l'âge de 12 ans pour les filles et de 13 pour les garçons accède à un statut d'adulte. Cette étape est marquée par une cérémonie religieuse appelée bar-mitsva ou bat-mitsva. Elle marque un tournant important dans la vie de l'adolescent qui, dès

Extrait

ÊTRE JUIF ?

« **Ê**tre juif ? On peut l'être de mille façons. Juif selon les rabbins, par exemple, c'est-à-dire né de mère juive. Ou juif parce que désigné comme tel. Mais ce qui compte vraiment c'est de se reconnaître soi-même comme juif, indépendamment du fait que l'on vous désigne ou que l'on vous assigne cette identité. Ce qui me semble significatif aujourd'hui, c'est cette démarche réflexive. Les Juifs qui vivaient dans la tradition ne s'interrogeaient pas sur leur judéité, ils étaient immergés dans le judaïsme comme des poissons dans l'eau. Les Juifs de la modernité, eux, se questionnent sur leur conscience d'être juif. Et c'est en cela qu'ils le sont. »

Nicole Lapierre,
dans Histoire d'un adjectif *de Michèle Manceaux, Éditions Stock.*

lors, est « censé » s'astreindre aux commandements de la Torah. Mais sachez que ce n'est pas toujours le cas et que cela dépend du niveau de la pratique religieuse. Ce n'est donc pas un acte anodin, et les filles comme les garçons y sont préparés en suivant des cours où ils vont apprendre à lire les prières en hébreu, à en comprendre le sens, à découvrir les fêtes et l'histoire juives.

Parmi ces commandements, on trouve également les règles du mariage, du divorce, les lois alimentaires, l'observance du shabbat, le déroulement des fêtes…

De nombreuses solennités rythment l'année juive, à commencer par le shabbat, qui veut dire « s'abstenir de toute œuvre » en hébreu, et qui est en fait le septième jour de la semaine, celui où Dieu, après avoir créé le monde en six jours, du dimanche au vendredi, se reposa. C'est donc Dieu Lui-Même qui a instauré le repos hebdomadaire obligatoire ! À compter du vendredi soir après le coucher du soleil jusqu'au samedi soir au coucher du soleil, le Juif doit s'abstenir de tout labeur, de toute création matérielle.

Il lui est interdit d'écrire, de coudre, d'allumer le feu…
C'est un repos du corps avant tout! Le shabbat est donc un
moment privilégié pour la prière et l'étude de la Torah,
mais c'est aussi un moment de calme, de sérénité et de
retrouvailles familiales. À la maison, la famille se réunit
autour du repas et procède aux bénédictions rituelles.
Ce qu'il vous faut comprendre ici, c'est que Dieu intervient
dans tous les moments de la vie mais pas seulement d'un
point de vue religieux. Ainsi, s'Il prône le repos, les retrouvailles familiales, le calme ou l'étude, c'est aussi pour per-
mettre aux hommes d'accéder au bien-être, de privilégier
la cellule familiale, d'encourager l'étude et la réflexion.
Mais sachez que si tout cela fait partie des commandements, peu nombreux sont ceux qui les observent encore
à la lettre. Il me semble important d'attirer votre attention
sur le fait que la Torah n'est pas uniquement un livre religieux. C'est parce qu'il est bien plus que cela que nombre
de traditions se sont ancrées dans le mode de vie juif,
même chez les moins pratiquants.

Pour aller plus loin
LES LOIS ALIMENTAIRES

Casher est le terme hébraïque désignant les aliments autorisés à la consommation, conformément aux lois bibliques de l'alimentation (casherout).

Ces lois ne concernent ni les fruits ni les légumes, tous autorisés. En revanche, la Bible est claire quant aux quadrupèdes autorisés : « Toute bête qui a le pied onglé, l'ongle fendu en deux, et qui fait partie des ruminants, vous en mangerez. » Ainsi, le porc, qui a le sabot fendu mais n'est pas un ruminant, est interdit. Le chameau, qui lui rumine mais n'a pas le pied fendu, est également interdit. Les dix animaux autorisés sont le bœuf, le mouton, la chèvre, le cerf, la gazelle, le daim, le bouquetin, l'antilope, le buffle et le chevreuil.

Parmi les animaux aquatiques, seuls sont autorisés ceux qui ont nageoires et écailles qui s'ôtent facilement. Ainsi le crabe, le homard, les crevettes, les huîtres sont interdits. Sont également interdits certains oiseaux, mais la volaille est autorisée.

Les lois sur l'alimentation traitent aussi de la manière dont doivent être abattus les animaux propres à la consommation. L'abattage rituel est accompli par une personne habilitée. Ainsi, la viande autorisée mais qui n'est pas rituellement abattue est impropre à la consommation. Mais ce n'est pas tout ! Pour être considérée comme casher, la viande doit encore être trempée dans l'eau et couverte de gros sel pour la vider de son sang, car celui-ci est impropre à la consommation.

La séparation du lait et de la viande dans les maisons juives découle également de la prohibition biblique. Il est écrit : « Tu ne feras pas cuire un chevreau dans le lait de sa mère. » Si nombreuses sont ces lois, la Bible ne tente pas toujours d'en expliquer les raisons. Les autorités religieuses estiment que les lois divines n'ont pas besoin d'explications rationnelles. Mais il est courant de penser que celles-ci relevaient avant tout de l'hygiène, à une époque où la conservation des aliments posait un problème.

Le culte et la synagogue

Dans la pratique du culte, la tradition impose l'usage de certains objets sacrés. Peut-être avez-vous déjà vu des Juifs en prière revêtus de leur châle, le front et le bras gauche ceints d'un étrange boîtier en cuir ? Il s'agit là des phylactères (tefillin), boîtiers contenant des passages bibliques que le fidèle pose en semaine au cours de l'office du matin respectivement sur son bras gauche, vis-à-vis du cœur et sur la tête : le bras pour l'action, le cœur pour le sentiment et la tête pour la pensée.

Le signe qui vous est probablement le plus familier est le port de la kippa (calotte) pour les garçons. La Loi considère que se couvrir la tête est un signe d'humilité devant la grandeur de Dieu et rappelle la présence divine au-dessus de l'homme.

Si vous y prêtez attention, vous remarquerez aussi qu'à l'entrée des maisons juives est apposée sur le linteau de la porte la mezouzah, petit étui contenant une bénédiction.

Quant au culte lui-même, il se pratique généralement à la synagogue. Mais ni la synagogue ni même le rabbin ne sont indispensables à la prière. Seule la présence de dix hommes juifs est obligatoire à une assemblée de prières. Ce serait là un rappel de l'ultime tentative d'Abraham – trouver dix hommes justes – pour sauver Sodome et ses habitants des foudres divines : « ... peut-être s'en trouvera-t-il dix » (Genèse, XVIII, 32).

Le respect des fêtes juives

Les fêtes juives sont des moments essentiels auxquels les Juifs demeurent très attachés. Mais pour beaucoup, leur respect tient plus au souci de la tradition qu'au religieux. Effectivement, comment imaginer abandonner sans nostalgie ce qui a marqué notre enfance ? Comment ne pas vouloir répéter devant ses enfants les gestes accomplis par ses propres parents, recréer la même ambiance, manger les mêmes mets, sentir les mêmes odeurs ? Et je ne

Pour aller plus loin
LES RITES « INCONTOURNABLES »

L'une des particularités du judaïsme est que nombre de Juifs qui s'affirment comme non-pratiquants admettent ne pas vouloir renoncer à certains rites, que j'appelle les incontournables. Sans doute parce que ceux-ci relèvent pour eux plus de la tradition familiale que de la religion pure. Il n'empêche qu'ils n'en demeurent pas moins des actes profondément religieux.

La circoncision : le mot hébreu utilisé est berith, qui veut dire « alliance ». « Dieu dit à Abraham : telle est mon alliance que vous garderez entre Moi et vous et ta postérité après toi : que soit circoncis tout mâle » (Genèse, XVII). Cette opération, l'ablation du prépuce, est effectuée sur tout nouveau-né au huitième jour de sa naissance. La notion d'alliance est fondamentale dans la Bible : elle implique un engagement mutuel entre Dieu et l'homme, engagement que l'homme renouvelle de père en fils par cette circoncision.

La bar-mitsva : tous les Juifs ne la font pas systématiquement, mais nombreuses sont les familles qui y sont fortement attachées. Cette cérémonie a lieu à la synagogue à l'âge de 13 ans pour les garçons et de 12 ans pour les filles. Elle marque leur passage de l'enfance à l'âge adulte. On considère effectivement qu'à partir de cet âge ils deviennent responsables de leurs actes. Ainsi, beaucoup voient en cette cérémonie l'occasion d'affirmer et d'accepter son héritage juif. Tout comme par sa circoncision en ce qui concerne les garçons, le jeune homme s'inscrit, mais de manière consciente cette fois, dans la communauté juive. La cérémonie est généralement suivie d'une grande fête. Le peuple juif est en effet un peuple festif et leurs fêtes familiales sont extrêmement joyeuses.

Yom Kippour (Grand Pardon) : il s'agit d'un jour sacré par excellence, un jour de prières, de jeûne et d'expiation, où la majorité de la communauté juive se rend à la synagogue, même si, pour certains, ce sera la seule et unique fois de l'année. Dieu attend des hommes le repentir, c'est-à-dire l'examen de conscience et le regret des fautes commises. Le Juif dispose pour cela de dix jours, qui commencent au premier jour de l'an juif (Rosh Hashana) et se terminent le dixième jour, avec le Yom Kippour.

parle pas ici de foi ou de pratique religieuse, mais tout simplement de traditions familiales que l'on se transmet naturellement de génération en génération. On peut également considérer que le respect des fêtes juives permet de fédérer la communauté, de rapprocher les gens en leur faisant vivre ensemble des moments d'union exceptionnels. Enfin, elles permettent aussi de maintenir le lien avec le passé et l'histoire du peuple juif.

Une pensée me revient souvent pendant les fêtes : je me dis alors que les Juifs du monde entier, qu'ils soient américains, israéliens ou européens, presque au même moment (décalage horaire oblige !), célèbrent les mêmes rites, lisent et étudient les mêmes textes dans la même langue, l'hébreu, et partagent alors la même mémoire, la même histoire, malgré toutes leurs différences culturelles.

Docu
QUELQUES FÊTES RELIGIEUSES

L'année juive est également ponctuée par ses fêtes, dont Rosh Hashana (Nouvel An) et Yom Kippour (Grand Pardon) sont les plus solennelles. Les autres fêtes entretiennent la mémoire, mais aussi la connaissance de l'histoire juive. Dès l'âge le plus tendre, les enfants apprennent, d'année en année, en répétant les mêmes phrases, ce que fut leur histoire et celle de leurs ancêtres depuis la nuit des temps. Pessah (Pâque), au printemps, célèbre la sortie d'Égypte, Souccoth (fête des Cabanes), à l'automne, rappelle la traversée du désert et la protection divine durant ces quarante ans. Pourim est célébrée en souvenir d'Esther, une jeune Juive qui déjoua un projet d'élimination de la communauté. Hanoukka, en hiver, qui dure huit jours, rappelle la lutte d'une famille de grands prêtres contre les Gréco-Syriens. C'est la fête des enfants par excellence, car, pour l'occasion, ils reçoivent de nombreux cadeaux. Enfin, le 9 av, au cœur de l'été, est un jour de deuil et de jeûne qui correspond à un jour noir du calendrier juif : celui de la destruction du premier et du second temple de Jérusalem.

QUELLE EST LA RÉALITÉ DE CETTE PRATIQUE RELIGIEUSE ?

« *Être athée, ce n'est pas "croire en rien". On peut croire en des idées, croire en des gens, avoir de l'espoir, qui est une forme de croyance... C'est grâce à de nombreux scientifiques qui ne croyaient pas aux dogmes religieux que nous avons pu mieux comprendre nos origines. Je me suis déjà posé maintes fois la question de nos origines, les origines de l'homme, de la Terre, de l'Univers. La religion donne de mauvaises réponses à de très bonnes questions, questions que les hommes se posent depuis très longtemps. Être athée, c'est accepter qu'on ne sait pas vraiment d'où vient l'Univers, les origines de la vie, mais ne pas être prêt à accepter une explication magique pour être satisfait. Pour moi, être juif, ce n'est pas respecter une religion, c'est faire partie d'un peuple millénaire, respecter son histoire et se sentir juif.* »

Freddo, 23 ans.

De l'orthodoxie à la laïcité

Le judaïsme offre de multiples visages, de celui du non-pratiquant qui se dit laïc, mais ne se considère pas moins juif que l'orthodoxe, en passant par les libéraux qui pratiquent un judaïsme plus adapté à la modernité.

Mais la majorité des Juifs s'est éloignée des pratiques religieuses strictes. Effectivement, on estime que les orthodoxes représentent seulement 5 % de la communauté et les libéraux, 15 %, ce qui, au total, ne fait que 20 % de pratiquants. Toutefois, le courant libéral attire de plus en plus de personnes qui ne se reconnaissent pas dans l'orthodoxie, mais tiennent à conserver un lien fort avec la religion.

Quand je vous parle d'orthodoxes, il ne s'agit pas des hommes en manteau noir portant le chapeau et les papillotes ou des femmes portant perruque – ils représentent un courant différent, ultra-minoritaire –, mais de ceux qui observent de manière stricte le judaïsme. En revanche, 51 % des Juifs se disent traditionalistes et 29 %, non-pratiquants.

Que veulent dire ces chiffres, vous demandez-vous ? Attachons-nous aux deux derniers pour mieux comprendre. La majeure partie de la communauté se dit donc traditionaliste : cela signifie qu'elle ne se réclame pas d'un courant religieux mais reste attachée aux traditions. En fait, on peut dire que cette majorité pratique un judaïsme « à la carte », en fonction d'une multitude de facteurs : leurs origines, leur héritage familial, leur propre définition identitaire, leur situation géographique, leur mode de vie, et j'en passe !

Quant aux 29 % restants, on trouve parmi eux les Juifs laïcs qui ne se reconnaissent pas dans le caractère religieux du judaïsme. Il y a aussi ceux qui vivent très en marge de la communauté organisée, parce qu'ils considèrent leur judaïsme comme une affaire privée et ne tiennent nullement à l'afficher. Ceux-ci n'ont donc aucun lien ni avec la synagogue ni avec les instances communautaires. Ce sont des Juifs parfaitement assimilés, mais qui restent très attachés au judaïsme d'un point de vue identitaire.

Pour aller plus loin
JUDAÏSME ORTHODOXE ET JUDAÏSME LIBÉRAL

Le judaïsme orthodoxe prône la plus stricte observance des commandements. Il se considère comme l'authentique dépositaire de la tradition, dont la pérennité avait été assurée par la communauté jusqu'à l'émancipation.

Le judaïsme réformé ou libéral, né dans l'esprit des Lumières et de l'émancipation, nie, quant à lui, le caractère immuable de la loi écrite et adapte en conséquence la pensée et la pratique juives aux exigences de la modernité et à l'esprit du temps. Par exemple, il permet aux hommes et aux femmes de se mélanger à la synagogue, de prendre la voiture et l'ascenseur le jour du shabbat, ou autorise l'accès des femmes au poste de rabbin.

Du judaïsme, ils ont conservé leur nom, leur humour, leur passé, leur mémoire, leur culture et leurs amis. Certains s'efforcent de transmettre tout cela à leurs enfants. D'autres non. Mais il vous faut savoir qu'ils se réclament comme faisant partie intégrante de ce qu'on appelle les Juifs de France.

Une autre particularité du judaïsme est que la frontière entre religion et laïcité n'est pas complètement hermétique. Ce qui caractérise les Juifs de France aujourd'hui, c'est justement cette « élasticité » dans la pratique, c'est ce cocktail de traditions, religion et culture qu'on ne peut que très difficilement séparer. Un Juif peut militer toute sa vie au sein de la communauté, défendre Israël, envoyer ses enfants dans un mouvement juif non religieux, et ne mettre que rarement les pieds à la synagogue. Il faut ajouter à cela que la modernité a créé un nouveau rapport entre les jeunes et la religion. Les jeunes Juifs d'aujourd'hui sont certainement plus nombreux à préférer écouter religieusement le concert d'une star du show-biz plutôt que le concert du samedi matin à la synagogue ! Ce n'est pas pour autant qu'ils se sentent « moins » juifs.

Enfin, ne perdez pas de vue que, chez les Juifs, le déclin de la pratique religieuse ne signifie pas la disparition du sentiment d'appartenance.

« Bon, c'est vrai, je ne pratique pas beaucoup et on ne me voit pas souvent à la syna. Je n'y vais que de temps en temps pour le shabbat et à Kippour. Je ne mange pas souvent casher et je n'en vois pas l'utilité. Mais cela ne m'empêche pas d'aimer nos traditions, nos réunions familiales, nos fêtes, même si chez moi, à la maison, les fêtes n'ont aucun caractère religieux. Et ce n'est pas parce que je ne suis pas pratiquant que je me sens moins juif. Non, je suis juif ; un Juif aux manières peu orthodoxes, mais qui aime son appartenance au peuple juif et sa communauté. »
Sylvain, 23 ans.

Le « retour au religieux »

Il est beaucoup question, actuellement, d'un phénomène qu'on appelle le « retour au religieux ». Je parlerais plutôt d'un rapprochement avec les traditions et l'identité juive, parce que si le regain d'intérêt des jeunes pour le judaïsme est réel, il ne s'agit pas d'un mouvement massif vers l'orthodoxie. Si les inscriptions dans les écoles juives ont augmenté de 31 % en dix ans, on ne peut en conclure pour autant que la raison en est religieuse. Elle peut venir du fait que l'enseignement dans le public ne répond plus aux attentes des parents qui s'inquiètent de l'antisémitisme qui y sévit désormais. Si une plus grande partie de la communauté s'approvisionne dans les magasins casher, ce n'est pas non plus parce qu'elle est plus religieuse, mais parce que le nombre de ces magasins a considérablement augmenté. Pourquoi, même si on n'est pas très pratiquant, ne pas aller acheter sa viande à la boucherie casher qui est en bas de chez soi plutôt qu'au supermarché ? Pourquoi ne pas inscrire ses enfants dans un mouvement de jeunesse où, grâce à ce qui est appelé le minimum commun religieux, ils vont apprendre les choses essentielles de leur religion en même temps que les valeurs du scoutisme ou de la vie en communauté ? Et puis, pourquoi pas, puisque la synagogue n'est pas si loin, y aller plus souvent, pas seulement pour y prier, mais aussi pour y retrouver des connaissances, se réunir dans une ambiance chaleureuse ? Encore une fois, l'idée ici est que l'on peut vivre de façon juive sans pour autant être croyant. Là encore, on s'aperçoit que la frontière entre religion et tradition est extrêmement floue. Mais vous ignorez peut-être que, parallèlement à cela, des communautés s'éteignent en province faute de rabbins ou d'autorités communautaires compétentes.

Cela étant, on note aussi, chez les jeunes, un retour vers la pratique religieuse pure qui vise même parfois les tendances les plus orthodoxes. On analyse ce phénomène, minoritaire, comme le résultat, pour certains, d'une recherche intérieure qui peut mener à une quête spirituelle.

Mais cela est vrai pour beaucoup d'autres jeunes, les musulmans, par exemple. Effectivement, eux aussi se retournent actuellement vers leur religion. Sans doute d'ailleurs pour les mêmes raisons que certains jeunes Juifs : une perte de repères et une recherche identitaire.

La conversion

Saviez-vous que la religion juive ne fait pas de prosélytisme, c'est-à-dire qu'elle n'encourage personne à la conversion ? Tout candidat à la conversion sera même, dans un premier temps, dissuadé de le faire, dans le but de décou-

rager ceux dont les motifs ne sont pas sincères. Pour se convertir, le candidat doit faire preuve d'une motivation religieuse réelle. Se convertir par amour d'une personne juive n'est absolument pas recevable parce que, en cas de divorce, le converti est à même de regretter cette conversion. Seul prime l'amour de Dieu. De ce fait, les conversions sont rarissimes ; à peine quelques-unes par an pour un millier de demandes chez les orthodoxes, et quelques dizaines chez les libéraux, essentiellement en vue de mariages. Mais ces dernières ne sont pas reconnues par les rabbins orthodoxes. Nombreux sont ceux, parmi les Juifs, qui condamnent cette non-reconnaissance parce qu'elle contribue elle aussi, d'une certaine façon, à la disparition du peuple juif. Quant à la conversion proprement dite, elle consiste à adopter la foi juive, son mode de vie religieux, à recevoir les rites de la conversion, et à être accepté par tous comme un membre à part entière du peuple juif. Effectivement, à partir du moment où il est converti, rien ne le différencie de ses coreligionnaires. Au contraire, on peut dire que les Juifs de naissance éprouvent un grand respect pour ceux qui ont accompli cette difficile démarche.

« Toujours, je me suis intéressé et me suis senti attiré par le judaïsme. Et quand la foi en D. est là, rien ne peut arrêter cette quête. Pour être sûr de ma décision, j'ai attendu l'âge de 25 ans avant d'envoyer mon premier courrier aux autorités religieuses concernées. Aujourd'hui, je suis en cours de conversion, mais je me sens déjà juif et je travaille dans le respect des lois. J'aspire de tout cœur à faire bientôt partie de cette communauté, pouvoir me marier à la synagogue et donner à mes enfants une éducation juive. Être juif, c'est aimer la Torah, accepter de vivre dans la droiture qu'elle impose, appartenir à un peuple, une communauté, et agir pour l'aider à vivre et à rester dynamique. »

Erwan, 26 ans.

LES JUIFS DE FRANCE

3

Mais qui sont-ils, ces Juifs de France, vous demandez-vous certainement ? Dieu seul le sait ! pourrais-je vous répondre tant ils sont différents les uns des autres et tant les Juifs eux-mêmes s'y perdent !

Plus sérieusement, saviez-vous qu'après les États-Unis la communauté juive de France, avec entre 600 000 et 700 000 personnes, est la plus importante de la diaspora ? Mais réalisez-vous du coup qu'ils ne représentent que 1 % de la population française ! Ce n'est pas beaucoup, 1 % ! Ce n'est qu'une toute petite minorité par rapport à d'autres. Alors, ne serait-il pas intéressant de savoir pourquoi on en parle autant ?

Nous allons donc essayer de les découvrir dans leur vie quotidienne, leur culture, leurs valeurs, leurs préoccupations, leurs nombreux questionnements ; leur positionnement identitaire aussi, par rapport à la France, à l'État d'Israël. Nous verrons également qu'il n'est pas simple pour les plus religieux d'entre eux de vivre leur judaïsme. Nous évoquerons leurs positions face aux mariages mixtes. Nous ferons aussi le point sur les conséquences directes sur leur vie quotidienne de l'importation en France du conflit israélo-palestinien qui est désormais au centre de leurs préoccupations.

Enfin, de manière plus légère, nous parlerons bien sûr de leur humour et de leur sens inné de l'autodérision, qui ont toujours caractérisé le peuple juif. Bref, tout un programme !

QUI SONT LES JUIFS DE FRANCE ?

« Je pense, moi, que la communauté juive est certainement l'une des mieux intégrées aujourd'hui en France, puisqu'elle respecte tous les principes démocratiques et républicains. De plus, on trouve des Juifs dans toutes les tendances politiques, ce qui prouve bien qu'il n'y a pas une communauté d'idées. Contrairement aux idées reçues et aux clichés, les Juifs sont répartis dans toutes les classes sociales, de la plus riche à la plus démunie. Ce qui fédère la communauté et la soude vraiment, c'est l'antisémitisme et l'insécurité. Et ce qui me rend dingue, moi, c'est que certains trouvent le moyen de nous le reprocher ! »

Maxime, 24 ans.

Identité

Jusque dans les années 1960, la communauté juive de France était constituée essentiellement d'Ashkénazes (Juifs originaires d'Europe occidentale) intégrés, peu désireux d'afficher leur judaïsme et dont beaucoup, à cause de l'horreur de la Shoah, s'étaient détachés de la pratique religieuse. Au lendemain de la guerre, ceux-ci n'avaient plus qu'une hâte : oublier l'étoile jaune et reconstruire leur vie sans se faire remarquer.

Mais les Juifs d'Afrique du Nord (les Séfarades) vont arriver en France, apportant à ce qui va devenir la communauté juive de France un sang neuf, bouillonnant même ! Effectivement, parce que leur judaïsme n'a pas souffert des mêmes persécutions, il est bien plus épanoui, affirmé et affiché ! Dans un premier temps, les Ashkénazes auront d'ailleurs quelques réticences et n'accueilleront pas à bras franchement ouverts ces coreligionnaires qu'ils trouveront bien trop orientaux et exubérants. Néanmoins, il suffira d'une génération pour que ce clivage s'estompe, puis disparaisse pratiquement du fait des nombreux mariages entre Ashkénazes et Séfarades. Sachez tout de même qu'actuellement 80 % des Juifs de France sont d'origine séfarade et que si les Ashkénazes se sont largement et souvent brillamment assimilés à la culture et à la société française, les « Juifs du soleil » occupent aujourd'hui massivement le devant de la scène. Ainsi, parmi les artistes : Michel Boujenah, Enrico Macias, Patrick Timsit, Élie Semoun, Gad Elmaleh, Patrick Bruel, et j'en passe… Mais ce qu'il me semble essentiel à retenir et à garder à l'esprit est que les Juifs de France ne forment en aucune façon un groupe homogène. Il y a de tout parmi eux, des pratiquants et des mécréants, des passifs et des actifs, des militants et des indifférents, des politiques et des apolitiques, des gens de gauche et des gens de droite, du nord et du sud… Bref, de tout. Sans doute est-ce aussi pour cela qu'on ne peut les définir de manière précise si ce n'est par ce qui les unit, c'est-à-dire leur histoire, leur religion, leurs inquiétudes et leurs difficultés existentielles face à l'hostilité de certains.

Juif français ou Français juif ?

« C'est quoi cette question ? L'instauration d'une telle hiérarchie me met vraiment mal à l'aise. Juif français ou Français juif, c'est du pareil au même. Je suis juif et français, et fier d'assumer ces deux parties de moi-même. Français, c'est ma nationalité, et juif c'est mon identité. Toute la différence est là. Mais si on peut changer de nationalité du jour au lendemain, ou se la faire carrément enlever comme ce fut le cas pendant la guerre, on ne change pas son identité, on la garde toute sa vie. Moi, je suis né en France, de parents nés en France, je parle français, et je suis français. La France est mon pays, je n'en ai pas d'autre. Je suis ici chez moi. Mais je suis aussi juif. L'un n'empêche pas l'autre. Je suis 100 % français et 100 % juif. »

Benjamin, 20 ans.

Ce que dit Benjamin exprime un sentiment partagé par la majorité des jeunes interrogés. Cette double appartenance, au judaïsme et à la France, ne leur pose aucun problème. La plupart la considèrent même comme un avantage, un enrichissement. Et tous crient haut et fort qu'ils en ont assez de ne pas être considérés comme français du fait qu'ils sont juifs. Ils veulent être reconnus comme Juifs de France et non comme Juifs en France ! Combien m'ont confié ne pas comprendre les insultes telles que : « Retourne dans ton pays ! », alors que leur pays c'est la France. Pour eux, les choses sont parfaitement claires. Nationalité : française, identité : juive. D'ailleurs, ils s'insurgent tous contre ce phénomène : seuls les Juifs doivent sans cesse se défendre, se justifier, s'expliquer, donner des preuves de leur bonne foi !

Mais certains ont tout de même souligné le fait que l'histoire leur a prouvé qu'une nationalité n'est jamais acquise. On peut, en fonction des gouvernements et des cahots de l'histoire, vous la retirer du jour au lendemain. Mais en ce qui concerne l'identité, c'est différent. Quoi qu'il arrive, juifs ils sont nés, juifs ils mourront.

Intégration et assimilation

« *Je n'ai pas besoin d'être intégré puisque, étant né en France, je le suis obligatoirement. Ce sont les étrangers qui doivent s'intégrer ! Et puis, ça veut dire quoi, être assimilé ? Vivre comme tous les Français ? Mais tous les Français ne vivent pas de la même façon ! Si vous comparez un Breton et un Corse, par exemple, vivent-ils de la même manière ? Alors, ce qui me différencie moi d'un autre Français c'est d'aller à la syna et de manger différemment ! Mais cela ne regarde que moi ! C'est une affaire privée et tant que je ne gêne ni n'impose rien à personne, je ne vois vraiment pas où est le problème !* »

Samuel, 19 ans.

Pour aller plus loin
ASHKÉNAZES ET SÉFARADES

À la veille de la Seconde Guerre mondiale, les Juifs ashkénazes, originaires d'Allemagne, d'Europe occidentale et orientale, représentaient 90 % de la population juive mondiale. S'ils restent majoritaires aujourd'hui, dans de bien moindres proportions, presque partout ailleurs, la France est le seul pays où les Juifs d'origine séfarade sont nettement plus nombreux du fait de l'immigration nord-africaine des années 1950 et 1960.

Mais qu'est-ce qui différencie Ashkénazes et Séfarades ? Il y a quarante ans, on pouvait affirmer sans exagérer que, hormis leur religion, tout les séparait : le physique, les coutumes, les rites liturgiques, la culture, le mode de vie, la cuisine, et même la langue puisque les Ashkénazes parlaient le yiddish, un mélange d'allemand et d'hébreu, tandis que les Séfarades utilisaient pour beaucoup un autre dialecte, le judéo-espagnol. Cela est moins vrai aujourd'hui puisque les uns et les autres ont épousé le mode de vie de leur pays de naissance. Mais, malgré tout, des différences demeurent. Culinaires, par exemple, chacun ayant adopté et mélangé à ses propres traditions les mets et saveurs de leur pays d'adoption. Mais la cuisine juive d'aujourd'hui n'est plus du tout sectaire et est devenue, chez beaucoup, une cuisine du monde où se mélangent harmonieusement les recettes orientales, ashkénazes, israéliennes et françaises, bien sûr ! Ce n'est qu'à l'occasion des fêtes que chacun demeure encore très attaché à ses mets ancestraux.

Ce qui les différencie également, ce sont leurs patronymes ! Hormis les Cohen et les Lévy que l'on retrouve chez les deux, les résonances de leurs noms de famille n'ont aucun point commun puisque les Ashkénazes portent des noms allemands, russes, polonais, et les Séfarades des noms orientaux.

Il existe également des différences de rites dans la circoncision, le mariage, le deuil et même dans les lois alimentaires. Par exemple, à Pessah, les Séfarades sont autorisés à manger du riz alors que c'est interdit aux Ashkénazes ! Et seuls les Séfarades célèbrent la fête du henné en l'honneur de la mariée, la veille du mariage.

Mais si ces quelques différences existent, ne retenez d'elles que leur caractère anecdotique, parce que ce qui unit et soude les uns et les autres efface largement ces quelques particularités.

Comme le dit Samuel, les Juifs de France, parce que nés en France, sont totalement intégrés : ils en parlent la langue, en suivent les usages et en respectent les lois. Mais qu'en est-il de l'assimilation qui, pour les Juifs, consiste à abandonner leur identité juive en se laissant absorber entièrement par la société non juive dans laquelle ils vivent ? De manière générale, les gens pratiquants estiment ne pas pouvoir s'assimiler puisque le fait de pratiquer la religion à la lettre les différencie nécessairement des autres dont ils ne peuvent épouser le mode de vie.

> *« Du fait que je suis très pratiquante, je ne peux pas vivre comme les autres Français. Ainsi, ne pouvant manger à la cantine et aller en cours pendant shabbat, je ne peux fréquenter qu'une école privée juive. Je ne me sens pas concernée par les fêtes catholiques, comme Noël. Donc, je ne me sens pas du tout assimilée, mais je ne cherche pas à l'être non plus. Puisqu'on a la chance en France, contrairement à beaucoup d'autres pays, de pouvoir vivre librement sa religion, je ne vois pas pourquoi je m'en priverais. Surtout que je n'ai pas le sentiment de gêner qui que ce soit en agissant ainsi. Ce que je m'impose à moi, je ne l'impose pas aux autres parce que j'estime que chacun est libre de vivre à sa guise à partir du moment où son choix n'empiète pas sur la liberté des autres. »*
> Odélia, 17 ans.

Effectivement, le fait de respecter le shabbat et de ne manger que casher oblige Odélia à rester en marge, puisque son mode de vie n'est pas assimilable à celui de la majorité des gens du pays dans lequel elle vit. Elle va également se différencier de vous, jeunes filles, en s'habillant d'une manière différente de la vôtre : jupes longues, pas de pantalon, pas de décolleté, pas de piercing, pas de ventre à l'air. En revanche, ce n'est pas pour autant qu'Odélia n'est pas intégrée. Elle est française, elle parle français, elle suit

des études en français, elle obéit aux lois françaises et, surtout, elle se sent française !

Cela pourra vous paraître surprenant, mais le nombre de Juifs de France est en diminution constante. On attribue ce phénomène à la nette augmentation des mariages mixtes, qui représentent aujourd'hui 40 % des mariages chez les moins de 30 ans. Il n'y a donc pas de meilleur exemple d'assimilation que celui-là.

Les mariages mixtes

Dès que les Juifs abordent entre eux ou avec les autres la question des mariages mixtes, les passions se déchaînent. Mais vous-mêmes êtes nombreux à ne pas comprendre pourquoi une partie des Juifs n'y est pas favorable. Car d'une certaine manière, à terme, le mariage mixte mène non seulement, dans un premier temps, à la perte de la pratique religieuse, mais également à celle pure et simple de l'identité juive. Pas pour celui qui se marie, mais pour la plupart des enfants issus de ces unions ! D'abord par le fait que l'enfant dont la mère n'est pas juive n'est lui-même pas juif. Ensuite, parce que les enfants issus de cette union peuvent être légitimement attirés par la religion et l'identité du parent non juif. Puisqu'on leur en laisse le choix, rien ne dit qu'ils choisiront le judaïsme. Quant à ceux nés de mère juive, qui le sont donc automatiquement d'un point de vue religieux, rien ne dit qu'ils désireront mener une vie juive ni qu'ils se réclameront d'une identité juive. Vous objecterez que même celui qui est né de parents juifs peut avoir cette attitude. Bien sûr ! Il y en a. Mais le pourcentage en est bien moindre.

Parce que la majorité des Juifs n'est pas favorable aux mariages mixtes, on les taxe systématiquement de racisme. Est-ce faire preuve de racisme que de vouloir maintenir son judaïsme alors que l'on sait parfaitement que celui-ci risque de disparaître avec les mariages mixtes ? N'ont-ils pas également le devoir de perdurer envers tous ceux qui ont été exterminés parce qu'ils étaient juifs ? Quand on parle de perte du judaïsme, il ne s'agit pas uniquement de religion, mais aussi et surtout d'identité. Si le Juif non pratiquant n'a que faire du judaïsme au sens religieux, il reste attaché à son identité juive qui est faite de mémoire, de traditions, de culture. Par ailleurs, il est intéressant de noter que les couples mixtes sont plus instables que les autres. Effectivement, dans les mariages unissant deux Juifs, le taux de divorce est de 8,2 %, mais il passe à 20,4 % quand il s'agit de mariages mixtes.

« *Mes parents sont divorcés. Mon père est juif, ma mère ne l'est pas. Comme je me sens plus proche de la culture juive de mon père, il arrive que ma propre mère me dise : "Tu n'es pas juive !", alors que je me sens complètement de culture, d'identité et de cœur juifs ! Finalement, c'est peut-être ça la spécificité des enfants issus d'un mariage mixte : on n'est jamais à la bonne place pour les bonnes personnes. Un nazi me traitera de "sale Juive", mais un Juif orthodoxe me dira que je ne suis pas juive !* »

Judith, 26 ans.

Judith met ici parfaitement l'accent sur l'une des difficultés auxquelles se heurtent les enfants issus de mariages mixtes : le rejet de tous ; celui des Juifs qui considèrent qu'ils ne le sont pas et celui des non-Juifs qui considèrent qu'ils le sont ! Ce problème de rejet revient d'ailleurs souvent dans les témoignages de jeunes issus de mariages mixtes, qui se sentent profondément attachés au judaïsme et à l'identité juive, même si leur mère n'est pas juive, et qui souffrent de ne pas être reconnus comme tels.

« *Je veux me marier avec un homme juif ! Lorsque j'en parle à mes amis non juifs, ils pensent que c'est parce que les Juifs aiment rester entre eux. Pour eux, il s'agit de communautarisme. Je ne suis pas d'accord. Moi, je pense que pour vivre avec quelqu'un que j'aimerai toute ma vie, j'ai besoin qu'il y ait une entente "presque" parfaite. J'ai besoin d'être comprise et de comprendre l'autre. Pour cela, la même culture, la même éducation, rapprochent obligatoirement. En revanche, j'aime fréquenter des amis juifs et non juifs. Je suis complètement ouverte et tolérante envers les autres, mais l'amitié est un sentiment différent qui permet effectivement d'apporter aux autres un peu de notre culture et de recevoir la leur en échange.* »

Ilana, 15 ans.

Dans le témoignage suivant, Géraldine, issue d'un mariage mixte, défend celui-ci avec véhémence. Toutefois, il en ressort que, finalement, son avis rejoint celui de la majorité. En effet, si elle affirme, à juste titre, que la personne épousant un non-Juif n'en perd pas pour autant son identité juive, elle admet qu'en ce qui concerne sa famille elle n'a d'autre pouvoir que celui de la sensibiliser au judaïsme, sans pour autant être en mesure de l'imposer.

« Dire qu'un Juif qui épouse une non-Juive est un Juif "perdu" est une absurdité. Je crois que le Juif qui a besoin d'épouser une femme de sa confession pour ne pas "se perdre" est justement un Juif qui n'est pas assez fort dans son judaïsme. À mon avis, on naît juif et on meurt juif, quelle que soit la femme qu'on épouse !

Après, c'est une question de choix, soit l'homme juif décide d'abandonner sa religion et il le fera de son propre chef, et non pas à cause de sa femme non juive, soit, au contraire, il décide de transmettre son héritage et de sensibiliser sa famille au judaïsme. »

Géraldine, 27 ans.

Mais savez-vous que, selon un sondage effectué récemment, seulement 36 % des Juifs s'opposeraient totalement à ce que l'un de leurs enfants épouse un(e) non-Juif(ve). Cela démontre l'ouverture des 64 % restants qui, tout en n'appelant pas de leurs vœux une telle union, ne l'empêcheraient pas !

Pour rester positive, je terminerai ce point par le très beau témoignage de Léah :

« Pendant longtemps, je me suis dit que j'épouserais l'homme dont je tomberais amoureuse, quel qu'il soit ! Mais aujourd'hui, je me rends compte que ce n'est pas aussi simple. Effectivement, le seul moyen de transmettre à mes enfants le judaïsme hérité de mes parents, c'est de me marier avec un Juif. D'un autre côté, la plupart de mes amis ne sont pas juifs et cela ne m'empêche en rien de partager énormément de choses avec eux. Je pourrais donc très bien "supporter" de faire ma vie avec un non-Juif, à condition que lui ne soit pas pratiquant (car le samedi à la synagogue et le dimanche à l'église, c'est un peu dur pour les enfants !) et qu'il respecte mes croyances et mes pratiques.

En résumé, je préférerais aimer et être aimée d'un Juif, mais ces choses-là ne peuvent pas se planifier. Alors, le jour où je rencontrerai quelqu'un avec qui j'aurai envie de faire ma vie, je ne m'arrêterai pas à sa religion. »

Léah, 25 ans.

C'EST VRAI QUE LE MARIAGE MIXTE RISQUE DE RÉDUIRE LE PEUPLE JUIF, MAIS, D'UN AUTRE CÔTÉ, ÇA AUGMENTE BEAUCOUP NOTRE POSSIBILITÉ DE CHOIX !

La vie communautaire

On évalue à environ 30 % le nombre des Juifs de France qui participent activement à la vie communautaire. Cela peut vous paraître peu, mais sachez qu'ils sont si dynamiques, si entreprenants et leurs terrains d'action si étendus et variés que l'on peut légitimement penser qu'ils participent de manière essentielle à la pérennité du judaïsme français. D'autant plus que tous bénéficient de leurs structures, qu'elles soient culturelles ou sociales. Chacun peut, à un moment ou à un autre, avoir recours à leurs services, même ceux qui se tiennent plus ou moins éloignés de la vie communautaire, soit par conviction personnelle, soit de par leur position géographique, soit encore du fait de mariage avec une personne non juive. On remarque d'ailleurs que de plus en plus nombreuses sont les familles, restées longtemps en marge de la communauté, qui la rejoignent peu à peu, guidées en cela, d'une part, par le malaise que vivent aujourd'hui les Juifs de France et, d'autre part, par leurs enfants qui s'interrogent sur leurs racines et éprouvent le besoin de s'en rapprocher. Les aider à garder ou à retrouver une identité juive est souvent le rôle des nombreux mouvements de jeunesse juifs, dont les Éclaireurs et Éclaireuses israélites de France, où tout est mis en œuvre pour lutter contre l'assimilation et impliquer enfants et familles dans la vie communautaire.

Mais vous vous demandez certainement en quoi consiste cette vie communautaire ? Disons qu'ici encore nombreux sont les cas de figure.

Il y a ceux qui évoluent complètement au sein de la vie juive : les enfants fréquentent une école juive, un mouvement de jeunesse (laïc ou religieux), les cours de Talmud-Torah (l'équivalent du catéchisme) ; les meilleurs amis sont juifs, on écoute les radios et on lit la presse juives, et on participe régulièrement aux activités proposées par les associations communautaires : conférences, concerts, soirées, manifestations, bienfaisance... Il s'agit donc là d'une immersion quasi totale. Mais il y a également des personnes qui choisissent, après une vie active en marge de la communauté, de la rejoindre pour œuvrer bénévolement au sein des diverses organisations sociales. Et puis on retrouve également ici cette notion de judaïsme à la carte. Parce que nombreux sont ceux qui, sans évoluer dans les parages de la communauté, vont toutefois y puiser ce qui les intéresse : un cours d'hébreu, un voyage organisé, un concert, une manifestation. Il n'est donc pas nécessaire d'être un militant fervent et actif au quotidien pour faire partie de la vie communautaire.

De nouveaux facteurs alimentent désormais le fait communautaire. Le renouveau de l'antisémitisme en est un. Il faut évoquer aussi l'apport d'Internet dans ce domaine et la véritable explosion des sites « feujs ». Chez les jeunes Juifs d'aujourd'hui, ces sites connaissent un succès phénoménal, non seulement pour ceux qui se sentent isolés, mais aussi pour de nombreux jeunes qui y restent connectés en quasi-permanence pour le seul plaisir de « chatter » ensemble de tout et de rien.

« Dès que j'ouvre les yeux le matin, je me connecte à mon site "feuj". Je suis ainsi en relation permanente avec tous mes amis. On parle de plein de choses, on décide ce que l'on va faire le soir ou le week-end, on organise des soirées... C'est fou, mais je me demande comment on faisait avant, quand ça n'existait pas! Je passe parfois plusieurs heures d'affilée devant mon écran. Moi, en tout cas, je ne peux plus m'en passer, c'est sûr! »

Jessica, 19 ans.

Internet aura donc permis à la communauté de s'élargir et d'atteindre de plus en plus de gens, des jeunes Juifs, mais aussi des jeunes issus de mariages mixtes, éloignés du judaïsme, qui ont découvert ou redécouvert celui-ci par ce biais, y trouvant des réponses à leurs questions identitaires ou autres. L'affluence sur les forums et la teneur des débats démontrent bien qu'il y a là une réelle nécessité.

« J'habite dans une petite ville où je ne connais pas de Juifs. Au lycée, ça s'est toujours bien passé. Je n'ai jamais dit que j'étais juif, mais personne ne m'a posé la question. Je n'avais que des copains non juifs et ça ne me dérangeait pas du tout. Mais, il y a environ deux ans, j'ai commencé à me poser des questions sur le judaïsme, sur Israël, et je n'avais pas de personnes de mon âge avec qui en parler. Alors, j'ai surfé sur Internet et je suis tombé sur un site "feuj" où il y avait des débats, des forums. Et tout à coup, je me suis senti très proche de gens que je ne connaissais pas mais qui se posaient les mêmes questions que moi, et avec qui je me sentais en confiance, alors qu'avec mes copains il m'arrivait d'être sur mes gardes. C'est là que j'ai compris l'importance d'appartenir à la communauté. En fait, ça permet d'être moins seul. »

Nathan, 17 ans.

VALEURS ET CULTURE

« *Nous ne sommes pas pratiquants à la maison. Mes parents travaillent tous les deux à l'extérieur et rentrent souvent tard le soir. Nous ne nous voyons donc pas beaucoup dans la semaine, où chacun vaque à ses occupations. Mais le vendredi soir, tout le monde est là, toujours. C'est une règle que nous avons toujours respectée avec plaisir ! C'est notre soir à nous. Ce jour-là, ma mère s'arrange pour rentrer plus tôt du travail. Elle prépare un bon repas et dresse une jolie table. Mon père va chercher ma grand-mère. Nous dînons dans la salle à manger et le repas se prolonge tard dans la soirée. Nous n'allons pas à la syna, ne faisons pas les prières et ne respectons pas le shabbat, mais, pour nous, ce moment est sacré quand même. Et plus tard, quand j'aurai ma propre famille, j'aimerais qu'il en soit ainsi.* »

Benjamin, 19 ans.

Famille, je t'aime

Dans la Torah, le mariage et la procréation sont obligatoires ! « Croissez et multipliez ! » est le premier commandement qui apparaît dans la Bible. La famille est la cellule de base du judaïsme parce que c'est en son sein que va s'épanouir la pratique juive. S'il s'agit au départ de valeurs édictées par la religion, l'esprit de famille est si marqué que nul n'est besoin désormais d'obéir à des commandements pour accomplir ses devoirs familiaux et filiaux.

Dans la société contemporaine, la famille juive a subi les mêmes mutations que le reste de la société, et la structure familiale, les mêmes bouleversements (mariages mixtes, divorces, familles recomposées). Mais cela n'empêche pas la cellule familiale de se maintenir, de conserver ses valeurs et de rester au cœur de la vie juive. Ainsi, le repas du vendredi soir et les fêtes restent pour beaucoup « sacrés ». Ainsi qu'en témoigne Benjamin, il n'est pas nécessaire d'aller à la synagogue, de faire les prières et de respecter le shabbat pour se réunir en famille.

Là encore, on rejoint la tradition pure et simple. On se réunit parce qu'il en a toujours été ainsi, parce que c'est l'occasion de se retrouver, de faire une halte au cœur d'une vie trépidante et active, que l'on soit pratiquant ou non.

Il est difficile d'expliquer ce phénomène autrement que par la transmission millénaire. Effectivement, si certaines valeurs sont très spécifiques aux Juifs, c'est sans doute parce que codifiées, écrites, lues et répétées de génération en génération, elles font désormais figure d'héritage quasi génétique.

Quand on parle de famille juive, on ne peut pas ne pas évoquer, en souriant, son principal symbole, et non des moindres : la fameuse mère juive ! Pourtant, celle-ci n'a rien d'un mythe. Elle existe bel et bien, même s'il est évident que les mères possessives existent dans toutes les cultures. Mais là encore, s'il faut trouver une explication, une justification à cet instinct maternel qui frise parfois l'hystérie, c'est une fois de plus dans l'histoire et la souffrance du

Extrait

LA MÈRE JUIVE, MORCEAUX CHOISIS

« La règle d'or de la mère juive est de s'arranger pour que son enfant l'entende soupirer au moins une fois par jour. Si vous ne savez pas ce qu'il a pu vous faire pour que vous souffriez, votre enfant, lui, le sait. »

« Tout comme notre mère la Nature a horreur du vide, la mère juive a horreur du vide dans la bouche de son enfant. Votre souci constant sera donc de remplir et de remplir la bouche chérie d'une nourriture abondante et riche. »

« Le fait d'être une mère juive n'implique pas nécessairement que vous ne vous reposiez jamais. Au contraire, votre dévouement pour votre famille n'atteindra son maximum d'efficacité que si vous réussissez à préserver quelques instants pour souffler un peu. Aussi, prévoyez de vous reposer une heure, une heure et demie, tous les quinze ans. »

« Permettez-moi de vous faire remarquer que ce livre a été écrit par mon fils qui est un enfant très doué. À vrai dire, je ne l'ai pas lu, mais je suis convaincue que ce livre est excellent, pour la seule raison que mon fils en est l'auteur. »

Comment devenir une mère juive en dix leçons,
Dan Greenburg, traduit de l'américain et adapté par Paul Fuks,
J. Lanzmann & Seghers Éditeurs.

peuple juif qu'il faut aller la chercher. Effectivement, des millénaires durant, les mères juives ont eu à trembler pour leurs enfants jamais à l'abri des brimades, des persécutions, des massacres, de l'extermination. C'est de cette angoisse que découle vraisemblablement l'amour exacerbé que nourrit la mère juive à l'égard de sa progéniture. Cet amour fait désormais partie de l'humour juif qui est, lui aussi, le fruit de cette souffrance.

Mariages et divorces

Dans la religion juive, le seul cadre légal du couple est le mariage. Celui-ci est plus qu'un contrat entre un homme et une femme. C'est un sacrement, une institution. L'objet premier du mariage est la construction d'un foyer, d'une famille.

D'après la loi juive, le mariage entre Juifs doit être célébré « conformément aux lois de Moïse et d'Israël ». Aux yeux de la Loi, le seul mariage civil entre conjoints juifs n'a aucune valeur puisqu'ils ne sont alors pas considérés comme étant mariés. C'est donc là que les choses se compliquent. Parce que le seul mariage civil, quand les deux conjoints sont juifs, peut poser de sérieux problèmes aux enfants issus de cette union. Cela peut vous paraître aberrant, mais, bien que nés de parents juifs, ceux-ci ne pourront pas se marier religieusement, car, pour ce faire, il faut produire au rabbin la ketouba (l'acte de mariage juif) des parents. Néanmoins, et heureusement, il existe encore un recours : celui de produire la ketouba de leur grand-mère maternelle. Pour ceux qui ne sont pas en mesure de le faire, le problème est de taille. Ainsi, imaginez un jeune homme juif qui tombe amoureux d'une jeune fille juive pratiquante à qui il lui faudra annoncer qu'ils ne vont pas pouvoir se marier à la synagogue parce que ses parents ne se sont mariés que civilement ! De ce fait, le mariage à la synagogue fait lui aussi partie de ces « incontournables » de la vie juive auxquels se plient la majorité des Juifs laïcs conscients de ce problème.

Mais sachez tout de même que ce n'est pas seulement par conviction religieuse que l'on se marie à la synagogue, orthodoxe ou libérale. Cela fait aussi partie des traditions, et sans doute l'une des plus attachantes. Effectivement, il s'agit d'une belle cérémonie à laquelle les mariés sont attachés. Ensuite, il y a la volonté d'au moins l'un des conjoints de se marier à la synagogue. Il y a aussi le fait qu'on respecte le souhait des parents et des grands-parents, qui pèse lourd.

La ketouba fixe également les modalités de séparation dans le cas d'un éventuel divorce. Parce que si le couple joue un rôle essentiel, le divorce est parfaitement légal. Toutefois, il se fait encore aujourd'hui devant un tribunal rabbinique qui établit un papier sans lequel on ne peut se remarier. L'inconvénient est qu'il ne peut contraindre le mari récalcitrant à accorder le divorce à sa femme. Dans ce cas, celle-ci reste à jamais dans l'impossibilité de se remarier! Il est indéniable que, de ce point de vue, la religion manque parfois de souplesse!

La bienfaisance

En hébreu, on utilise le mot tsedakah qui ne veut pas dire charité, mais justice. Parce que l'on considère que donner, après tout, n'est que justice. Ainsi, il est juste que le plus riche donne au plus pauvre.

Faire œuvre de bienfaisance reste un acte courant pour les Juifs : on donne pour des œuvres sociales, pour la synagogue, pour Israël. Le choix est large et les donateurs généreux. Mais on donne aussi de sa personne. Nombreux sont les bénévoles, jeunes et moins jeunes, qui participent à l'ensemble de ces œuvres. Il existe en France, une fois par an, une journée de la bienfaisance organisée par les instances de la communauté (radios, presse, mouvements de jeunesse, œuvres sociales), qui sert à collecter des fonds pour les plus démunis. Pour y participer, point n'est nécessaire d'être religieux ou affilié à une communauté. Donnent de leur temps et de leur personne tous ceux qui se sentent concernés.

Il existe une autre très belle initiative, devenue une véritable institution. Pour la Pâque, les enfants des mouvements de jeunesse consacrent une journée à distribuer aux personnes défavorisées des colis contenant toute la nourriture nécessaire à la préparation de la fête. C'est d'ailleurs là que l'on ressent que le plaisir de donner est bien plus grand que celui de recevoir.

« *La première fois que j'ai été responsable d'une équipe pour la distribution des colis de Pessah [Pâque], je n'habitais pas Paris et je n'avais jamais pris le métro toute seule. De ce fait, nous nous sommes perdues et n'avons pas pu distribuer tous nos colis. La honte ! Je me souviens d'une vieille dame seule qui ne comprenait pas et qui ne cessait de répéter qu'elle n'avait rien commandé, qu'elle n'avait pas d'argent pour nous payer. Quand elle a enfin compris que c'était gratuit, elle s'est mise à pleurer… »*

Galith, 26 ans.

« À ma première distribution de colis de Pessah, je me sentais très mal à l'aise. D'un côté, cela me faisait terriblement plaisir d'apporter un peu de bonheur et de bien-être aux personnes nécessiteuses, mais, d'un autre, elles étaient tellement émues que, la plupart du temps, elles se mettaient à pleurer et je me mettais à pleurer avec elles. Et comme j'étais la responsable du groupe et que j'avais des enfants très jeunes avec moi, ils se mettaient à pleurer aussi ! Donc tout le monde pleurait ! C'était terrible ! »

Sandra, 24 ans.

Amour de l'étude et du travail

Toujours selon la Torah, les parents sont tenus d'assurer l'éducation et l'instruction de leurs enfants : « Le monde repose sur l'haleine des enfants qui étudient ! » est-il écrit. La connaissance, l'étude et l'instruction font partie de la tradition. Ainsi, si la pauvreté était souvent le lot des masses juives traditionnelles, celle-ci n'a jamais impliqué l'ignorance, car toutes les communautés organisées ont su, dès le Moyen Âge, mettre en place des systèmes qui assurent la gratuité des études aux plus démunis. C'est grâce à cela qu'on ne compte pas d'analphabètes chez les Juifs. Et c'est grâce à l'étude de leur histoire, grâce à sa connaissance et à sa transmission que le peuple juif a survécu à travers les siècles alors que tant d'autres civilisations se sont éteintes.

De génération en génération, cette tâche d'enseignement a participé à l'identité juive. Dès l'époque biblique, le père devait pourvoir à l'instruction de ses enfants. La loi juive exigeait des parents qu'ils commencent l'éducation religieuse de l'enfant à l'âge le plus précoce possible. Mais les méthodes d'enseignement n'étaient pas des plus tendres à l'époque ! On peut même dire qu'on ne s'amusait pas tous les jours sur les bancs de l'école. Ainsi, il est écrit : « Ménager les coups de bâton, c'est haïr son enfant ! » Autrement dit, le martinet était souvent de mise quand la parole divine ne pénétrait pas suffisamment rapidement l'esprit de l'élève! Si l'éducation est une obligation, celle d'enseigner un métier à son fils en est une autre. « Quiconque n'enseigne pas un métier à son fils lui apprend à être un brigand », est-il écrit! D'ailleurs, si Dieu a décidé que l'homme se reposerait le septième jour, c'était bien parce qu'il aurait à travailler les six autres! Et s'il doit travailler, c'est pour assurer la subsistance de sa famille. Les choses sont donc bien claires dès le départ.

Mais qu'en est-il aujourd'hui?

Le fait est que l'amour de l'étude continue de s'exprimer quotidiennement. Si aujourd'hui la plupart des écoliers juifs fréquentent l'école laïque, ceux qui souhaitent faire leur bar ou bat-mitsva doivent fréquenter également, les mercredis et dimanches, les cours de Talmud-Torah où ils apprennent à lire l'hébreu, l'histoire du peuple juif et la signification des fêtes, parce qu'il ne peut y avoir de bar-mitsva sans préparation et étude.

Extrait

L'OBLIGATION D'ÉTUDIER

« **E**t nous, enfants juifs, nous fûmes sommés de faire de belles études. Nous avions un mandat, nos parents nous l'avaient donné, et c'était d'être de bons élèves. On avait veillé à ne pas surcharger notre esprit de connaissances parallèles ; on avait laissé à notre entendement toute sa fraîcheur afin que nous puissions apprendre sans temps morts et progresser sans entraves ; pour mieux garantir nos chances de succès scolaire et de réussite professionnelle, le judaïsme s'était, de lui-même, effacé et voué au silence. »

Le Juif imaginaire, *Alain Finkielkraut,*
« Points », Édition du Seuil.

Le rêve de toute mère juive est encore et toujours de voir son enfant faire de longues études, de le voir réussir socialement. Ce souhait de réussite sociale a surtout émergé dès le moment où, grâce à l'émancipation, les Juifs ont enfin pu avoir accès à un éventail de métiers qui leur étaient jusqu'alors interdits.

Il est vrai que les Juifs se sont aussitôt empressés de se lancer dans les études supérieures, dans les professions libérales qui leur ouvraient de nouveaux horizons. Devenir médecin, avocat, journaliste, rêve longtemps caressé, devenait presque une obligation ! Il était aberrant de ne pas vouloir y accéder alors qu'on leur en donnait enfin le droit !

Ce n'est donc pas un hasard, et certainement pas pour des raisons d'ordre religieux, si l'on trouve autant de Juifs dans les professions libérales, parmi les intellectuels (philosophes, écrivains) ou encore les scientifiques (mathématiciens, physiciens, savants).

Ce sens du devoir de l'instruction des enfants touche donc l'ensemble des Juifs, qu'ils soient religieux ou non. On ne pourrait mieux illustrer cela que par le témoignage du philosophe Alain Finkielkraut.

L'humour juif

Léon Askénazi, célèbre philosophe et rabbin, distinguait l'Ancien Testament et le Nouveau par leur sens de l'humour. Quand l'ange annonce à Marie qu'elle attend Jésus, la Vierge se soumet, expliquait-il. Mais quand l'ange dit à Sarah, épouse d'Abraham, quasi-centenaires l'un et l'autre, qu'elle aura un fils qui s'appellera Isaac, que fait Sarah ? Elle éclate de rire. Elle était donc juive ! D'ailleurs, saviez-vous que Isaac, Itzhak en hébreu, veut dire « rira » ?

La vocation des Juifs serait-elle de raconter des histoires drôles ? On dit que le rire est une dimension essentielle du judaïsme. C'est assez paradoxal quand on sait que leur histoire ne fut pas des plus désopilantes. En fait, on s'aperçoit que, tout au long des siècles, les Juifs n'ont cessé de cultiver leur humour et comptent encore aujourd'hui dans leur rang de sacrés comiques. Woody Allen, bien sûr, mais aussi chez nous, Popeck, Michel Boujenah, Élie Semoun, Gad Elmaleh… L'humour juif excelle dans l'art de l'autodérision.

D'où cela vient-il, selon vous ? Eh oui ! Encore et toujours dans le vécu, dans l'histoire, dans la douleur et la souffrance. Parce que l'humour était le seul recours, le dernier rempart contre le désespoir. L'humour juif n'est pas un mythe. Il existait au cœur même du ghetto, dans les moments les plus difficiles, les plus douloureux de la vie juive. On dit que la langue yiddish elle-même est la langue du rire et des larmes. Savoureux parler populaire, faite d'expressions si imagées qu'elles sont quasi intraduisibles. Mais l'humour juif, c'est une capacité à rire de soi, une aptitude à transcender les situations dramatiques pour en rire et pour passer au-delà. En fait, c'est rire pour ne pas pleurer, rire pour oublier.

Malgré la disparition de la langue yiddish, l'humour juif a réussi à garder toute sa vitalité. Il s'est adapté au monde moderne, s'est alimenté de la nostalgie des Juifs d'Afrique du Nord chassés de leur pays, s'est diversifié, affiné, universalisé dans chacun de ces terreaux d'adoption en changeant juste d'accent, de langue, de gestuelle et de sujets. L'humour juif, tout comme le peuple juif, doit aussi sa survie à sa capacité d'adaptation : avec l'évolution des temps, de la technologie, des libertés individuelles, il a su rester à la page. Ainsi, on trouve désormais des blagues juives sur l'homosexualité, mais aussi sur des sujets aussi graves que le conflit israélo-palestinien ! L'humour juif a donc encore de beaux jours devant lui. Et pour garder le sourire, voici un florilège de blagues juives.

Extrait

HUMOUR JUIF

« **C**omment voulez-vous que je vous coiffe ? demande le coiffeur à David. En silence, s'il vous plaît. »

« Pourquoi dit-on que les gens pauvres n'ont pas de chance ? Parce que s'ils en avaient, ils ne seraient pas pauvres ! »

« Quelle est la définition d'un pull-over juif ? C'est celui que l'enfant porte quand sa mère a froid ! »

« Une mère juive appelle l'aéroport de Roissy. Bonjour, c'est madame Bensoussan. Dites-moi, à quelle heure il arrive l'avion de mon fils ? »

« Rina confie à son amie : mon mari, plus je vieillis et plus il m'aime. Comment cela se fait-il ? s'étonne son amie. Il est antiquaire, répond Rina. »

« Quelle est la différence entre une mère goy [non-juive] et une mère juive ? La première dit à son enfant : "Mange ou je te tue !", la mère juive, elle, dit : "Mange ou je me tue !" »

« Pourquoi tourner autour du pot, dit Samuel à Sarah. Si tu as quelque chose à dire, tais-toi ! »

LE DÉSARROI DES JUIFS DE FRANCE

« *Je suis fière d'être juive, mais je n'aime pas trop le montrer non plus. Tout au long de ma scolarité au collège, j'ai entendu de nombreux propos antisémites et, depuis la deuxième Intifada, tout le monde parle beaucoup du conflit israélo-palestinien : les profs, les élèves... De nombreux débats ont été organisés. J'ai été très touchée et j'avais mal d'entendre ce que les autres pensent des Juifs. Pendant ma dernière année au collège, je me suis sentie mal du fait de savoir qu'une partie des élèves autour de moi était contre les Juifs. Pourtant, je reste persuadée que l'on peut très bien s'entendre avec des gens qui ont des opinions, des cultures, des idées politiques, une religion ou des traditions différentes des siennes si chacun de son côté est tolérant et accepte l'autre.* »

Ilana, 15 ans.

Le nouvel antisémitisme

Au lendemain de la Seconde Guerre mondiale, en France, avec la découverte de ce que fut le sort des Juifs européens, l'antisémitisme connaîtra un net déclin et ne sera plus que le fait de groupuscules d'extrême droite, dont le nombre et l'audience resteront insignifiants.

Mais vous avez sans nul doute observé que, avec l'importation du conflit israélo-palestinien en France, l'antisémitisme renaît brutalement de ses cendres, clamé en grande partie par certains jeunes musulmans qui, sensibles à la cause palestinienne, vont basculer à leur tour dans la haine d'Israël, certes, mais surtout dans celle des Juifs de France sur lesquels ils rejettent en bloc toute la responsabilité du conflit.

On reproche souvent aux Juifs de tout ramener à l'antisémitisme et de nombreuses voix affirment qu'on a le droit de s'opposer à la politique du gouvernement israélien sans pour autant être antisémite. C'est vrai. On a le droit, et ce n'est certainement pas les Juifs qui le dénient, car, parmi eux, il y en a aussi qui s'élèvent contre cette politique. Mais quand, dans les manifestations propalestiniennes, on entend crier « Mort aux Juifs ! », s'agit-il bien là, selon vous, de soutenir la cause des Palestiniens ou est-ce plutôt l'occasion de crier sa haine des Juifs ? En quoi un jeune Juif de France est-il responsable de la politique d'Israël, un pays qu'il aime, bien sûr, mais qu'il ne dirige pas et où il ne vit pas ?

Comme il n'est plus de très bon ton de se proclamer antisémite, voilà que le conflit a bon dos. On peut de nouveau tout dire. Mais ce nouvel antisémitisme n'est-il pas tout aussi dangereux que le précédent parce que justement, pour ceux qui le pratiquent, il devient légitime du fait de la politique israélienne ? Et c'est là le danger ! La haine des Juifs n'est plus dictée par une odieuse idéologie raciste, mais s'inscrit dorénavant comme étant méritée. « Les Juifs n'ont que ce qu'ils méritent, vu ce qu'ils font aux Palestiniens ! » Voilà ce qu'on entend !

Mais il serait très réducteur de ne pointer du doigt que quelques jeunes beurs à la dérive comme uniques res-

ponsables des exactions envers la communauté juive. Ce qui est grave, c'est que certaines factions politiques sont si totalement et unilatéralement acquises à la cause palestinienne qu'elles en perdent tout discernement quant aux conséquences dangereuses de leurs discours, dont la première est d'attiser l'antisémitisme. Ce n'est donc pas par hasard si, depuis trois ans, les enfants juifs se font de nouveau traiter de « sales Juifs » à l'école, insulte pourtant disparue des cours de récréation depuis la fin de la Seconde Guerre mondiale. Ce n'est pas une pure coïncidence si un chef d'établissement scolaire déclare ne plus pouvoir y assurer la sécurité des élèves juifs. Et enfin, ce n'est pas un hasard non plus si le nombre d'enfants juifs quittant l'école publique pour des écoles juives est en augmentation constante. Ne trouvez-vous pas étrange qu'aujourd'hui, en France, il soit imprudent pour un Juif de sortir dans la rue avec une kippa sur la tête ou une étoile autour du cou ?

Et ce ne sont pas seulement les voyous déstructurés qui transposent le conflit du Proche-Orient en France : ce sont des universitaires qui pétitionnent pour tenter de mettre fin aux relations scientifiques et culturelles avec Israël, des associations qui appellent au boycottage des produits israéliens, des figures politiques ou médiatiques qui, tout en se clamant antiracistes et antifascistes, n'hésitent pas à prendre part à des manifestations où l'on crie « Mort aux Juifs ! », ce sont enfin des médias accusés de jeter de l'huile sur le feu en condamnant systématiquement la politique du gouvernement israélien sans le moindre souci d'équilibre des torts.

> *« Avez-vous déjà remarqué qu'aux infos, aussi bien à la radio qu'à la télé, ils précisent systématiquement le nombre et l'âge des enfants palestiniens tués par les balles israéliennes mais jamais l'inverse ! Quand un attentat est commis en Israël, ils annoncent juste le nombre de victimes. J'ai même entendu, à plusieurs reprises, les enfants israéliens, les bébés même, désignés comme des colons. Et cela ne choque personne. Si les enfants palestiniens étaient traités de terroristes, cela provoquerait, à juste titre, un véritable tollé. »*
>
> **Galith, 26 ans.**

Ce qui m'a frappée en interrogeant les jeunes Juifs à ce sujet, c'est que l'antisémitisme, désormais, est la première de leur préoccupation, alors qu'il y a à peine trois ans, c'était comme pour tous ceux de leur âge, le chômage, le sida…

« Honnêtement, il y a des jours où j'ai envie d'oublier que je suis juif. Mais ce n'est pas possible, car on me le rappelle sans arrêt, à la télé, à la radio, dans les journaux, dans la rue, dans le métro. Je voudrais pouvoir me lever un matin et me dire qu'aujourd'hui je ne serai pas blessé par les propos de tel ou tel journaliste, je ne serai pas choqué par la désinformation et les mensonges de la télé, je n'aurai pas à me battre, me justifier, expliquer, chercher à convaincre... Oui, je rêve d'une journée, une seule journée, de sérénité. »

David, 24 ans.

« Dans ma vie de tous les jours, je ne suis pas trop atteinte par l'antisémitisme, mais j'ai quand même peur. Alors, maintenant, quand je sors, je préfère cacher mon étoile. »

Deborah, 15 ans.

Dans ces différents témoignages, on s'aperçoit que même ceux qui n'ont encore jamais subi directement l'antisémitisme vivent désormais dans la méfiance, la crainte, le malaise.

« Moi, ce qui me met en rogne, c'est qu'on accuse systématiquement les Juifs d'être responsables de tout ce qui se passe dans le monde. Avant, on disait qu'on empoisonnait les puits, maintenant, on nous accuse d'être à l'origine de tous les attentats terroristes, on nous accuse de brûler nous-mêmes nos synagogues, de profaner nous-mêmes nos cimetières. Pour moi, c'est comme si j'allais casser la figure à un re-beu parce qu'il y a des massacres en Algérie où le nombre de victimes dépasse pourtant largement celui des Palestiniens tués dans le conflit. Mais de ça, tout le monde s'en fiche ! On ne voit personne manifester dans la rue. »

Jonathan, 22 ans.

91

Pour ne pas sombrer dans le défaitisme ni dans la paranoïa dont on leur fait si souvent reproche, voici d'autres voix, moins alarmistes :

« *Moi, honnêtement, je ne pense pas que la France soit un pays antisémite. Bon, il y en a ! Mais il y a aussi des anti-Noirs, anti-Blancs, anti-beurs... Les actes d'antisémitisme qui se produisent actuellement sont le fait de voyous, de racailles, de vandales, de crétins qui savent à peine ce qu'est un Juif, qui mélangent tout et qui ne sont même pas capables de faire la différence entre un Juif et un Israélien.* »

Laura, 22 ans.

« Je pense sincèrement qu'il fait bon vivre en France, même si ce pays a son lot d'antisémites, comme partout ailleurs. C'est un pays libre où chacun a le droit d'exprimer ses opinions. Celles-ci parfois nous blessent. Moi, je préfère ne pas y attacher d'importance. Le plus grand des mépris est le silence et je n'ai que du mépris pour les gens intolérants. Mais ce n'est pas leur bêtise et le fait qu'ils ne m'aiment pas qui vont m'empêcher de bien dormir, ici, chez moi, en France ! En fait, je nourris pour ces gens-là plus de pitié que de haine. »

Lisa, 23 ans.

Il ne s'agit donc nullement d'affirmer que la vie des Juifs de France est devenue un enfer quotidien. Non. Les Français, pour la plupart, ne sont pas antisémites et nombreux sont ceux qui, dans les moments difficiles, n'hésitent pas à exprimer leur soutien et leur sympathie. Il serait également faux d'affirmer que tous les Arabes de France sont antisémites. Loin de là ! Heureusement, de plus en plus nombreuses sont les tentatives de rapprochement, de dialogue, d'apaisement.

« Je suis complètement révolté par cette confusion que font systématiquement les beurs entre les Juifs de France et les Israéliens. Ils sont pourtant les premiers à râler quand certains disent que tous les Arabes sont des terroristes. Comment peuvent-ils associer et rendre responsables les feujs d'ici des décisions prises au Proche-Orient ? Moi, ma meilleure amie est juive. Comme on s'aime beaucoup, on a décidé de ne jamais parler ensemble du conflit israélo-palestinien. Mais je ne supporterais pas qu'elle soit victime d'une agression ou même de propos antisémites de la part de re-beu ! Je serais alors le premier à foncer dans le tas. »

Kader, 23 ans.

Fort heureusement, les actes agressifs et violents ne sont le fait que d'une minorité de jeunes exaltés. Mais il serait dangereux de les minimiser, de les banaliser, voire de les ignorer, ce qui semble être la tendance actuelle. Il est frappant d'ailleurs de constater le scepticisme des non-Juifs dès que l'accent est mis sur cet antisémitisme nouveau qui est malheureusement, quoi que l'on puisse en dire et en penser, bien réel ! Cependant, il est vrai que ces moments indéniablement difficiles que traversent les Juifs de France ne font qu'exacerber leur sensibilité et les rendent plus vulnérables. Mais sont-ils responsables du fait qu'ils sont stigmatisés au cœur d'un débat à la radio, à la télé, dans les journaux, sur Internet ? Et dès lors, est-il étonnant que malgré leur nombre dérisoire à l'échelle nationale, on ne cesse de parler d'eux ?

Pour aller plus loin
QUELQUES CHIFFRES

Au cours de l'année 2002 en France, le ministère de l'Intérieur a dénombré 193 actes de violence de nature antisémite : 3 attentats à l'explosif, 57 incendies criminels, 75 dégradations et 58 agressions corporelles. Ces actes ont été perpétrés contre des synagogues, des écoles juives, des bus de ramassage scolaire, et des personnes isolées de tout âge. Dans le même temps, les violences racistes et xénophobes visant d'autres personnes que des Juifs étaient au nombre de 120 dans l'ensemble de la France dont 73 en Corse. C'est-à-dire que les Juifs ont subi à eux seuls plus de 80 % des violences racistes commises au sein de l'Hexagone !

En ce qui concerne les injures racistes, les statistiques du même ministère pour cette année recensent sur l'ensemble du territoire 731 actes d'intimidation ou de menace à caractère antisémite et 261 actes à caractère raciste autre qu'antisémite. Là aussi, la part des menaces antisémites représente 74 % du total.

Extrait d'un article de Méir Waintrater paru dans L'Arche, n° 546-547/Août-Septembre 2003.

Le repli communautaire

Vous avez peut-être entendu certains accuser les Juifs de se replier sur eux-mêmes, de préférer rester entre eux ? Mais à qui la faute ? Ne sont-ils pas les premières victimes de ce communautarisme ? S'ils se replient, n'est-ce pas parce qu'ils sont attaqués ? Il est vrai que la communauté se resserre et se replie systématiquement dans les moments difficiles. On leur en fait souvent grief, jugeant cette attitude comme une volonté de s'isoler des autres, de maintenir ses distances. Ce n'est pas tout à fait faux, mais ce qu'il faut se demander c'est pourquoi il en est ainsi. Les choses sont simples pourtant et pas le moins du monde spécifiques aux Juifs. Toute minorité, quelle qu'elle soit, a tendance à vouloir se regrouper. C'est normal. Effectivement, c'est un moyen de préserver une identité

différente de la majorité dans laquelle on vit. Mais ce phénomène est d'autant plus vrai que les temps sont difficiles. Souvenez-vous qu'à l'époque de l'Émancipation le phénomène était exactement inversé. Les Juifs voulaient se fondre dans la nation, perdre leurs particularités. Mais que fait-on quand il pleut ? Eh bien, on ouvre son parapluie. Et le parapluie des Juifs aujourd'hui, du fait du regain de l'antisémitisme, peut prendre la forme d'un repli communautaire. Les jeunes interrogés m'ont souvent répété qu'au moins, lorsqu'ils sont entre eux, ils cessent d'être sur le qui-vive, même s'ils ne partagent pas les mêmes idées politiques et que leurs discussions sont parfois houleuses sur les forums d'Internet.

Mais ce serait vous donner une fausse image que cantonner les jeunes juifs de France dans un sinistre ghetto communautaire, replié sur lui-même. Ce qui les caractérise c'est aussi leur formidable intégration, leur dynamisme, leur esprit d'initiative, leur folle joie de vivre, de sortir, de danser, de s'amuser, de s'habiller à la mode, d'organiser des soirées et de faire la fête. Celles-ci sont extrêmement nombreuses et les jeunes « teufeurs » s'y pressent. Bref, ce sont des jeunes comme les autres !

L'attachement à Israël

Si la grande majorité des jeunes Juifs clame haut et fort son attachement à Israël, celui-ci n'implique pas nécessairement la volonté de partir s'y installer. Alors pourquoi cet attachement, vous demandez-vous ? D'abord, parce qu'Israël leur apporte une sécurité psychologique, un refuge en cas d'absolue nécessité. En un mot, tant qu'Israël vivra, une autre Shoah ne pourra se reproduire. « Au moins, cette fois, si ça va mal pour nous ici, on saura où aller ! » Ensuite, parce qu'il ne se passe pas de jour sans que ce pays, qu'ils aiment et admirent pour de nombreuses autres raisons que la politique, soit critiqué et attaqué. De ce fait, ils se sentent presque obligés de le soutenir et de le défendre parce que personne ne le fera à leur place. Il est vrai que depuis l'embrasement en 2000 du conflit israélo-palestinien, beaucoup se sentent très solidaires des Israéliens, d'autant plus qu'il est rare que les Juifs de France n'aient pas quelques membres de la famille vivant là-bas. Alors ils s'inquiètent, ils tremblent pour eux, pleurent avec eux, espèrent avec eux, mais n'en demeurent pas moins critiques.

Leur attachement à Israël ne veut pas dire soutien aveugle et sans nuances. Si celui-ci existe, nombreux sont ceux également qui font part de leur retenue, voire de leur désaccord avec la politique actuelle. Toutefois, beaucoup m'ont confié que lorsqu'ils clament leur désaccord, ce n'est jamais en dehors de la communauté. « On a suffisamment d'ennemis comme ça pour ne pas abonder dans leur sens ! » m'a-t-on dit. Parce que l'enjeu est là. Puisque tant de pays condamnent Israël, leur devoir est de le soutenir et de le défendre. Alors, ils soutiennent Israël envers et contre tous.

Quant à vouloir s'y installer, c'est une autre histoire. Leurs réticences sont des plus compréhensibles.

> « *Il faut beaucoup de courage pour quitter son pays natal et aller vivre dans un autre qui, même s'il nous est très proche dans le cœur, nous est malgré tout étranger. Changer de pays, quel qu'il soit, c'est changer de langue, de nourriture, de mode de vie, de culture, de repères, de tout… Surtout qu'Israël en ce moment vit des moments très difficiles : terrorisme, crise économique… Je ne veux pas noircir le tableau pour ne pas décourager ceux qui veulent partir (que j'admire beaucoup), mais je crois aussi qu'il faut qu'il y ait des Juifs un peu partout dans le monde et pas seulement en Israël. Les Juifs du monde sont utiles pour expliquer aux non-Juifs ce qui se passe en Israël. Les Juifs de la diaspora sont un peu les ambassadeurs d'Israël. Et Dieu sait combien on en a besoin en ce moment !* »*
> **Nathan, 22 ans.**

LES ENFANTS, QUAND NOUS SOMMES ARRIVÉS DANS CE PAYS, JE N'IMAGINAIS PAS QU'UN JOUR NOUS SERIONS OBLIGÉS DE REPARTIR...

SNIF!

« Je pense que ma vie est en France où j'ai ma famille, mes amis, où je fais mes études. Si je vivais en Israël, je serais actuellement à l'armée pour deux ans, la durée du service militaire pour les filles. Si je partais là-bas maintenant, je devrais me mettre à apprendre l'hébreu et je pense que je ne me sentirais pas nécessairement bien dans un pays dont je parle mal la langue. Bref, il n'est pas sûr que je serais heureuse là-bas comme je peux l'être ici, à condition qu'on me le permette, bien sûr. Tout le problème est là. Va-t-on pouvoir, nous, Juifs de France, rester ici sans problème ? Parce que je ne voudrais pas faire ma vie ici et voir mes enfants traités de "sales Juifs". Alors, là, c'est sûr, je partirais vivre en Israël et nulle part ailleurs, car, si les Juifs ne sont plus en sécurité en France, je ne vois pas où ils le seraient ailleurs qu'en Israël. »

Audrey, 18 ans.

Que retenir de ces différents témoignages, si ce n'est qu'il n'est pas vraiment évident d'être juif aujourd'hui ? Comme si le peuple juif était à jamais condamné à se poser les mêmes questions. Mais n'est-ce pas aussi cela, être juif, finalement ? Se poser des questions, s'interroger, réfléchir… N'est-ce pas grâce à ces éternels questionnements que le peuple juif vit encore ? N'est-ce pas aussi parce que son existence est sans cesse critiquée, vilipendée, mise sur la sellette que cette question identitaire fait partie intégrante de leurs valeurs ? Il est vrai que dès que quiconque s'intéresse ou met un pied dans le judaïsme, il est amené à faire ce même constat. Les Juifs ne cessent de se poser des questions existentielles, de réfléchir à ce qu'ils sont, d'où ils viennent. Cela fait partie d'eux-mêmes. Cela découle aussi de leur histoire torturée, de leur mémoire mouvementée et de toutes les incertitudes sur leur avenir. Si le peuple juif cessait de se poser toutes ces questions, cela ne voudrait-il pas dire qu'il aurait cessé d'être ?

« Je ne suis pas juif, mais beaucoup de mes copains le sont, et ce qui me fait marrer chez eux c'est qu'ils passent leur temps à se prendre la tête et à me prendre le chou ! Non, mais qu'est-ce qu'ils sont compliqués ces feujs ! Cool, les mecs ! Je sais que vous vous en prenez un peu beaucoup dans la tronche, ces derniers temps, mais ça va passer, je vous dis ! En tout cas, je l'espère ! »

Philippe, 17 ans.

Les relations avec les musulmans de France

Les tensions entre les communautés juives et musulmanes de France n'ont certainement pas pu vous échapper. Effectivement, le moins que l'on puisse dire est que le dialogue avec l'islam n'est pas des plus fructueux ! En fait de dialogue, il serait plus judicieux de parler de silence, voire de mutisme. De manière générale, soit les deux communautés cohabitent sans trop de problèmes, soit elles se heurtent. Tout cela est une question de générations et de quartiers où vivent ensemble Juifs et musulmans. À Belleville, dans le XXᵉ arrondissement de Paris, boucheries casher et hallal se jouxtent, et les « shalom » ricochent joyeusement sur les « salam ». Mais cela est le fait des aînés qui ont toujours cohabité avec les Juifs.

« Je condamne fermement les actes antisémites qui ont semé la peur dans la communauté juive. Les agressions d'écoles ou d'enfants, les attaques contre des passants qui portent la kippa, ça c'est intolérable ! »

Leïla, 28 ans.

Chez les jeunes, le discours est différent. Dès qu'on aborde les cités de banlieue où, pourtant, les deux communautés ont toujours parfaitement coexisté, l'hostilité est franchement déclarée et le conflit israélo-palestinien n'arrange pas les choses. À cela il faut ajouter la montée de l'intégrisme musulman, dont le discours ne prône guère le rapprochement, et les problèmes d'intégration des beurs. Nombreux sont ceux qui, n'ayant pas trouvé d'autres explications à leurs difficultés économique, sociale et psychologique, préfèrent imaginer que les Juifs ont atteint les sommets de la réussite sociale à leurs dépens. Voilà le cocktail explosif qui menace de détruire la cohabitation entre ces enfants de la même République.

Mais il est indéniable que, des deux côtés, les bonnes volontés œuvrent à la réconciliation. Les signes en ce sens se multiplient. Il faut souligner aussi que la communauté juive, parce que majoritairement séfarade, est naturellement sensible à l'âme maghrébine. En France, certains intellectuels musulmans tentent de développer le dialogue. Évidemment, ce dialogue judéo-islamique ne peut se faire que dans la reconnaissance du mouvement national juif, sans nier le problème palestinien. Reconnaître la légitimité de l'autre doit être le point de départ de ce rapprochement qui, d'ailleurs, trouve sa source dans la Torah et le Coran avec Abraham, l'ancêtre commun.

Aujourd'hui, le vœu le plus cher des Juifs de France est de revenir à l'apaisement, à la quiétude qui était la leur en France depuis plusieurs décennies. L'idée que désormais, comme jadis, ils vont avoir à craindre pour leur sécurité, celle de leurs enfants, vivre dans l'inquiétude permanente, est effectivement inadmissible. S'ils ne se sentent pas globalement menacés dans leurs biens ni dans leur vie, la condition juive leur semble de plus en plus difficile. Il serait dangereux de minimiser les choses, de les banaliser, voire de les ignorer. Mais il faudrait une prise de conscience nationale, un refus massif d'une remise en cause de l'appartenance des Juifs de France à la nation, tout comme ceux-ci n'ont jamais remis en cause leur attachement à la République. La solution réside bien sûr dans le dialogue, l'écoute, l'ouverture, la tolérance, mais aussi dans l'éducation et le rappel des valeurs de la République que certains citoyens de notre pays semblent avoir malheureusement perdues de vue.

Lectures pour aller plus loin

Dictionnaire encyclopédique du judaïsme, Robert Laffont, 1997.

Symboles du judaïsme, M.-A. Ouaknin, Éditions Assouline, 1999.

Pour expliquer le judaïsme à mes amis, P. Haddad, In Press Editions, 2000.

Le Judaïsme pour débutants, C. Szlakmann, La Découverte, 2000.

Le Judaïsme raconté à mes filleuls, M. Halter, Robert Laffont, 1999.

Une histoire des Juifs, J. Eisenberg, Le Livre de poche, 1976.

Comment devenir une mère juive en dix leçons, D. Greenburg, J. Lanzmann & Seghers Éditeurs, 1991.

Livres jeunesse

Si tu veux être mon amie, G. Fink et M. Akram Sha'ban, coll. Folio Junior, Gallimard Jeunesse, 2002.

Samir et Jonathan, D. Carmi, coll. Le Livre de Poche Jeunesse, Hachette Jeunesse, 2002.

Quand j'étais soldate, V. Zenatti, coll. Médium, L'École des Loisirs, 2002.

Ce jeudi-là, A. Cantin, coll. Milan Poche Junior, Milan Jeunesse, 2002.

Les Enfants du silence, J.-P. Guéno, Milan, 2003.

La Vague noire, M. Kahn, coll. Les Couleurs de l'Histoire, Actes Sud Junior, 2000.

La Danse interdite, R. Hausfater-Douïeb, Thierry Magnier, 2000.

CRÉDITS PHOTOGRAPHIQUES

Couverture : © Erich Lessing/AKG Images
p. 10 © Masterfile/Gerg Stott
p. 21 collection Kharbine Tapabor
p. 28 © Getty Images/Hulton Archives
p. 40 © Erich Lessing/AKG Images
p. 46 © AFP/Fethi Belaid
p. 52 © AFP/Joël Rabine
p. 58 © Somelet/Photononstop
p. 66 © Yaël Hassan
p. 82 © AFP/Joël Robine
p. 95 © Corbis/Régis Bossu

Conception graphique et réalisation : Rampazzo & Associés

ISBN : 2-7324-3100-1
Loi n° 49-956 du 16 juillet 1949 sur les publications
destinées à la jeunesse
Dépôt légal : février 2004
Imprimé en France par Pollina, 85400 Luçon - n° L92198